AF454013

FABLES

DE BABRIUS.

ON TROUVE A LA MÊME LIBRAIRIE :

GEOGRAPHICI GRÆCI MINORES ; Hudsonianæ editionis ad-
notationes integras cum Dodwelli dissertationibus
edidit, suasque et variorum lectiones subjecit, ver-
sionem latinam recognovit, copiosissimis denique in-
dicibus ac tabulis in ære incisis instruxit *J. F. Gail;*
3 vol. *in-8°*, *avec cartes.*

Primum Volumen, continens Hannonis et Scylacis
Periplos ; 1 vol. *in-8°*, *avec cartes.*

Secundum Volumen, continens Dicæarchi geogra-
phica quæ supersunt, Scymni Chii orbis descrip-
tionem, etc. ; 1 vol. *in-8°*, *avec cartes.*

Tertium Volumen, continens Arriani Periplum Ponti
Euxini, Anonymi Periplum Ponti Euxini, etc. ;
1 vol. *in-8°*, *avec cartes.*

GRAMMAIRE RAISONNÉE DE LA LANGUE GRECQUE, par
A. MATTHIÆ, traduite de l'allemand, par *J. F. Gail*
et *E. M. Longueville ;* 4 vol. *in-8°.*

Première Partie, contenant tout ce qui précède la
syntaxe, c'est-à-dire les formes grammaticales des
mots; 1 vol. *in-8°.*

Deuxième Partie, contenant la moitié de la syntaxe
jusqu'au verbe; 1 vol. *in-8°.*

Troisième Partie, contenant la fin de la syntaxe;
1 vol. *in-8°.*

Quatrième Partie, tables et index ; 1 vol. *in-8°.*

FABLES

DE BABRIUS

TRADUITES EN VERS FRANÇAIS,

Par J. F. GAIL.

PARIS,

IMPRIMERIE ET LIBRAIRIE CLASSIQUES

De JULES DELALAIN,

IMPRIMEUR DE L'UNIVERSITÉ ROYALE DE FRANCE,

RUE DES MATHURINS SAINT-JACQUES, 5.

M.DCCC.XLVI.

NOTICE

SUR J.-F. GAIL.

Ceux qui liront cette dernière production d'un homme qui n'a point passé inconnu dans la vie, voudront peut-être savoir ce qu'il fut, ce qu'il a fait. C'est pour satisfaire ce légitime désir, que nous consacrons ce peu de lignes à sa mémoire.

Héritier d'un nom célèbre dans nos annales universitaires, J.-F. Gail sut s'en montrer digne et le porter sans l'amoindrir. Sa vie est celle d'un homme de lettres; elle est renfermée tout entière dans ses études et ses écrits.

Né à Paris en 1796, Jean-François Gail fut élève du Lycée impérial, et, plus tard, de l'ancienne École normale. Ses heureuses dispositions et la force de ses études sont constatées par le grade de docteur ès lettres qu'il obtint en 1817. Les sujets de ses thèses, à la fois brillantes et solides, étaient : *Hérodote* et la *Réfutation du système d'Helvétius*. Dès lors, voué à la carrière de l'enseignement, où il avait débuté avec tant de distinction, il fut nommé aux chaires d'histoire de l'École spéciale militaire de Saint-Cyr et du collége royal de Saint-Louis. Le jeune universitaire justifia un choix si honorable, et couronna ses premiers succès par une palme académique. Entré dans la lice ouverte par l'Académie des inscriptions en 1819, il remporta un prix partagé avec M. Rolle. Son mémoire couronné fut publié, en 1821, sous le titre de : *Recherches sur la nature du culte de Bacchus en Grèce, et sur l'origine de la diversité de ses rites.*

Son père, qui fut aussi son maître, trouva en lui un digne suppléant dans cette chaire du Collége de France où il s'était acquis une si grande et si juste renommée.

Ces travaux, dans le champ de l'érudition, de la littérature classique et de l'histoire, avaient été comme les préparatifs par lesquels F. Gail essayait ses forces pour une importante entreprise. Depuis longtemps, la collection de Hudson, connue sous le nom de *Geographi græci minores*, était devenue dans le monde savant une sorte de rareté bibliographique. F. Gail voulut faire cesser un inconvénient si préjudiciable à la science, et il entreprit courageusement de publier de nouveau ce riche et vaste répertoire de la géographie ancienne. Mais il sentit bien que, pour être véritablement utile, il ne devait pas se borner à reproduire simplement le recueil de son prédécesseur. Il se proposa donc de mettre sa nouvelle édition au courant des connaissances et de la critique modernes. Le fruit de ses recherches, toujours érudites et souvent heureuses, se trouve déposé dans trois volumes qu'il a successivement publiés de 1826 à 1831. Le mérite avec lequel l'éditeur s'acquittait de cette tâche difficile est mis hors de doute par le témoignage d'un juge souverain en ces matières, M. Letronne, qui disait en 1840 : « C'est notre compatriote M. J.-F. Gail, qui jusqu'ici a le plus avancé l'exécution d'une édition nouvelle des *Petits géographes*. Il a commencé, en 1826, une réimpression de la collection d'Oxford, avec des commentaires savants et étendus. Trois volumes seulement ont été publiés, contenant les *Périples d'Hannon* et *de Scylax*, les *fragments de Dicéarque et de Scymnus de Chio*, le *Stadiasme du bassin de la Méditerranée*, et les deux *Périples anonymes du Pont-Euxin*. Depuis cette époque, l'édition semble arrêtée, et l'on a lieu de craindre que le savant éditeur n'ait renoncé à son utile entreprise [1]. » Ces craintes, si honorables pour celui qui en était l'objet, n'étaient malheureusement que trop fondées, et, réalisées aujourd'hui, elles légitiment et accroissent les regrets qu'inspire une œuvre grande et utile, si fatalement interrompue. Aux travaux géographiques de F. Gail, il faut ajouter une *Dissertation sur le Périple de Scylax et l'époque présumée de sa rédaction*. Cet écrit fut publié en 1825.

Le savant et habile éditeur des *Petits géographes* comprit qu'il pouvait rendre encore un autre et important service à cette littérature grecque à laquelle il avait voué un culte héréditaire. Il manquait à nos écoles un ouvrage destiné à l'enseignement supérieur et approfondi de la langue grecque. F. Gail, pour procurer ce secours à la philologie, entreprit avec un ami, et publia à ses frais une traduction de la *Grammaire grecque* d'Auguste Matthiæ.

Ces labeurs érudits avaient fatigué F. Gail et presque épuisé ses forces ; car chez lui la vigueur et la vivacité de l'esprit surpassaient de beaucoup celles du corps. Son imagination vive et brillante éprouvait le besoin d'un régime moins austère et plus varié. La littérature contemporaine lui offrit des aliments plus légers. Il trouva d'agréables et studieux loisirs dans la publication de recueils périodiques, dont sa critique fine et son goût exercé firent longtemps le succès.

Reflet et mélange de deux natures diverses, mais

_____

1. M. Letronne, *Fragm. des poëmes géogr. de Scymnus de Chio, etc.*, Introd., p. 4. Voy. aussi p. 314 et suiv.

d'élite, **F. Gail** fut érudit comme son père, et artiste comme la femme célèbre qui lui donna le jour. Il cultiva avec succès la musique et la poésie. Des productions remplies de facilité gracieuse et de naturel prouvent combien il fut heureusement doué pour ces deux genres de talent. La poésie a charmé les longues douleurs dans lesquelles s'est éteinte sa trop courte existence. La muse antique, qui eut son premier amour, inspira aussi ses derniers chants. Il sembla se ranimer à la vue des beautés simples et cependant piquantes du fabuliste grec récemment rendu à la lumière, et il s'est efforcé de vivre assez pour terminer une traduction en vers des fables de Babrius, œuvre spirituelle et facile, tombée de la plume défaillante de l'auteur, et recueillie par l'amitié, qui l'offre au lecteur et la recommande à son indulgence.

Arrêté si tristement au milieu de sa carrière, terminée le 21 avril 1845, F. Gail n'a pu réaliser qu'une partie des nombreuses espérances qu'il avait fait naître; mais ses titres, quoique malheureusement incomplets, suffisent pour constater son mérite et lui assurer des droits incontestables à l'estime et à la reconnaissance du public éclairé. Son souvenir laissera aussi de durables et profonds regrets à tous ceux qui ont pu le connaître et apprécier son esprit si distingué, son originalité si vraie et ses qualités si aimables.

E. P. M. Longueville.

PRÉFACE.

La découverte de ce recueil est certes un heureux événement en littérature. Ésope était pour nous un nom, plutôt qu'un auteur; nous le connaissions plutôt par sa célébrité historique, que par l'échantillon écourté, équivoque et décoloré qui circule dans nos écoles. Nous savions qu'Horace, Phèdre et une foule d'auteurs de l'antiquité avaient eu en main des recueils des fables d'Ésope beaucoup plus volumineux; mais la trace en était perdue, lorsque la rencontre du manuscrit de Babrius est venue, en quelque sorte, ressusciter la substance du fabuliste phrygien. Ce n'est point tout Ésope, mais c'est de lui assez pour dire que nous le possédons; le recueil forme un tout assez imposant pour constituer une partie importante de ses allégories morales. Enfin Ésope figurera désormais dans nos bibliothèques, sinon comme écrivain, du moins comme créateur de l'apologue.

Il y a lieu de s'étonner que Phèdre, s'il avait des fables ésopiques au moins ce qui nous est parvenu, ait laissé de côté un grand nombre de textes piquants et ingénieux, et l'on doit surtout regretter que notre La Fontaine n'en ait pas eu connaissance; que de charmants sujets il n'aurait pas manqué de saisir! Comme il en aurait tiré parti, et combien son répertoire s'en trouverait enrichi! Car les sujets d'apologue sont moins faciles qu'on ne croit à rencontrer, et l'on ne saurait trop admirer la richesse d'imagination du conteur phrygien.

Dans la collection des fables de Babrius, on en voit près de la moitié qui n'ont été imitées ni par Phèdre, ni par La Fontaine, ni par aucun écrivain classique connu. Quarante-cinq surtout méritaient les honneurs d'un ingénieux remaniement (nous remarquerons toutefois que les plus célèbres imitateurs s'écartent souvent, dans leurs fantaisies, de la simplicité du genre et du caractère primitif de l'apologue; ils font habituellement de petites satires dans le goût de leur siècle). Les sujets les plus ingénieux de Babrius, encore vierges et intacts, sont : les Fables 2, 3, 4, 11, 13, 14, 26, 32, 33, 34, 36, 37, 39, 40, 42, 43, 48, 49, 50, 51, 52, 53, 54, 55, 56, 57, 58, 60, 61, 62, 65, 66, 67, 70, 71, 72, 73, 75, 77, 78, 79, 80, 82, 84, 87, 88, 92, 93, 94, 97, 99, 101, 102, 103, 108, 110, 111, 112, 114, 115, 117 de cette traduction [1].

Il peut être curieux de rechercher jusqu'à quel point l'esprit, le caractère, la morale d'Ésope ont été conservés dans cette transformation rhythmée de Babrius, ou si le nouveau rédacteur y a mis beaucoup du sien. Une observation attentive sur ce sujet nous a donné lieu de croire que Babrius, à part quelques traits individuels, faciles à reconnaître, n'a point dénaturé l'esprit de l'original. La philosophie sommaire qui ressort de ces fables, est bien celle de l'antiquité, celle d'Homère, d'Hérodote et des tragiques grecs. C'est la croyance à la fatalité, le besoin de la résignation, le respect pour les dieux, la prudence qui conseille à chacun de rester dans

---

1. Un motif facile à pénétrer a déterminé l'éditeur à ne point admettre dans ce recueil la traduction de cinq fables dont les sujets sont en partie également neufs. Ce sont celles qui correspondent aux numéros x, xxxii, xl, liv et cxvi de l'édition *princeps*.

sa condition, et en même temps, qui recommande les judicieux calculs propres à rendre l'existence meilleure.

Passons en revue les principaux éléments de cette question; ce sera comme le résumé, le *compendium* intellectuel de notre recueil, dont il déterminera la portée et les limites.

Les classiques de l'antiquité grecque prêchent la résignation; ils semblent voir un remède nécessaire contre l'esprit violent des mortels, dans une tendance constante à les terrifier, à les mater, pour ainsi dire, à vanter les avantages de l'humilité, de la modération; c'est folie de lutter contre les puissants, répète à chaque instant le chœur, chez les tragiques; point de vaine jactance, etc., etc. On retrouve chez notre fabuliste les mêmes doctrines, sans vestige de la moindre introduction d'une morale nouvelle.

Fable 21 (*Les Bœufs*), la résignation est recommandée, ainsi que l'observe M. Minas, d'une manière un peu absolue[2]. Les bœufs veulent se révolter contre les cuisiniers, dont le ministère est de les égorger; le doyen de la bande leur conseille de laisser vivre leurs bourreaux, qui, du moins, les expédient avec dextérité. Il faut ici bien de la mansuétude pour accepter la leçon; mais, en réalité, le vieux bœuf n'a point tort.

Notre auteur insiste fort sur les avantages de l'humilité, voir les fables 5, 6, 31, 61; ne pas lutter contre les puissants, *voy.* fab. 28, 35; point d'emportements cruels, fab. 11, 87; point de vaine jactance, fab. 60, 67, 88, 89, 93, 112, 117; soyez en garde contre les prétentions folles, fab. 28, 38, 39, 70, 74, 81, 113.

---

2. Nous reviendrons tout à l'heure sur ce point. G.

Ce serait une erreur de croire qu'il se trouve dans ces apologues des traces de véritable impiété. L'auteur parle des dieux comme il peut, comme le permet l'absurdité des doctrines religieuses du temps, mais jamais avec l'intention formelle de dégrader les divinités. Il recommande de n'en parler qu'avec discrétion, *voy.* fab. 15 ; les dieux savent se faire respecter, fab. 30, 46 ; malheur à qui les a outragés, fab. 75 ; il vante leur équité souveraine, fab. 48, fin ; leur puissance, fab. 65 ; respectez-les, sans comprendre leurs décrets, fab. 114. Et, loin qu'il faille suspecter Babrius d'être, sur ce chapitre, moins réservé que son modèle, ses scrupules sont manifestés dans la fable 116, où, par un correctif, il disculpe Ésope, qui aurait pu paraître irrévérent à l'égard de Mercure. Babrius aurait pu déjà user de la même précaution à la fin de la fable 3, où les dieux sont en apparence bien plus compromis.

Du reste, le fabuliste n'épargne pas les conseils pour enseigner aux mortels à user de prudence, à s'accommoder de leur destinée. La prudence surtout est une utile vertu qu'il recommande souvent, fab. 2, 58, 73, 90, 91, 92, 93, 94, 95, 97, 100, 111 ; contentez-vous d'un modeste gain, fab. 7, 43, 49, 76, 120 ; mettez-vous en garde contre les amitiés nuisibles, fab. 34, 44, 84 ; le travail avant tout, fab. 10, 85 ; aide-toi toi-même, fab. 20, 85 ; hanter les méchants nuit, fab. 13 ; aimez l'union et la concorde, fab. 42, 45, 82 ; adresse fait plus que violence, fab. 18 ; point de vraies jouissances au prix de la liberté et du repos, fab. 96, 106 ; le faible est encore à ménager, fab. 104, et à craindre, fab. 110.

Il se permet aussi la satire contre les femmes,

fab. 16, 22 ; contre les médecins, fab. 72 , et se moque des faux braves, fab. 23, 89.

S'il faut faire ressortir les traits généraux de la morale du fabuliste, il est bon aussi de signaler quelque chose de ce qui n'y est pas. Au milieu de toute cette philosophie, ressort une certaine aridité ; l'esprit de la personnalité se fait partout sentir , et l'on voit que l'influence du christianisme n'y a point pénétré encore. Rarement il songe à recommander la commisération ; et, s'il paraît en donner le précepte, fab. 8, 104, c'est, la première fois , pour blâmer une colère violente , la seconde, pour prouver que l'on a encore intérêt à épargner les faibles.

Ainsi , dans tout cela , rien qui révèle des modifications dans la morale d'Ésope , et dans les préceptes que les doctrines de son temps ont dû lui inspirer. Babrius n'a rien substitué , rien étendu ; il est vrai qu'on découvre çà et là des traits qui lui sont personnels, où il fait place à ses propres sentiments. Babrius n'aime point les Arabes , dont il eut à se plaindre , fab. 9, 54 ; à la fin de la fable 33 , il tire du sujet une moralité douteuse , dont certes Ésope ne se fût pas avisé, mais qui lui donne occasion d'exhaler son ressentiment contre un tuteur infidèle. Enfin, au début de la fable 99 , il semble adresser un mot de flatterie à quelque prince , dans lequel il faut reconnaître sans doute le père du jeune Branchus , à qui est dédié son ouvrage [3].

3. M. Boissonade conjecture que cet enfant, auquel est adressé le recueil de fables, était un fils naturel de l'empereur Alexandre Sévère, et qu'il naquit en Syrie. Ces fables auraient donc été versifiées environ 230 ans après notre ère. G. — F. Gail n'a pu connaître les écrits des critiques qui, depuis la publication de Babrius, ne partagent pas l'opinion de son célèbre éditeur. Ce n'est point ici le lieu de nous étendre sur cette question , qui ne paraît

Est-ce bien la peine de rappeler ici une réflexion
sur les invraisemblances, ou plutôt les contradic-
tions, les incohérences intellectuelles, qui doivent se
rencontrer inévitablement dans l'apologue? En général, on sait que, dans chaque fable, il faut ne
s'attacher qu'à la pensée dominante de l'auteur, regarder comme non avenu tout ce qui s'écarte du but
vers lequel il tend, et mettre de côté certaines répu-
gnances de l'esprit. Ainsi, dans son premier prolo-
gue, Babrius fait remonter à l'âge d'or l'époque où
les animaux parlaient, où les dieux communi-
quaient avec les hommes; partout cependant le
langage des animaux et l'intervention des divinités se
mêlent aux passions, aux cruautés, aux vices de tous
les temps. Fable 21, ainsi que nous l'avons observé
plus haut, un bœuf persuade à ses compagnons de
ne pas attenter aux jours de ceux qui les égorgent;
M. Minoïde Minas se révolte de cette excessive rési-

point encore résolue. Contentons-nous de résumer les principaux débats. MM. d'Orelli et Baiter (p. vii de leur édit.
de Babr.) pensent que Branchus, auquel les fables sont dé-
diées, était plutôt fils d'un des Alexandres dont deux appar-
tiennent à la dynastie des Ptolémées, et deux dans celle
des rois de Syrie. Ces savants se fondent sur cette raison,
que le style de Babrius ressemble plus à celui des poëtes
alexandrins qu'à celui des auteurs du temps d'Alexandre
Sévère. M. Théod. Bergk (*Animm. critt. in Babr. fabb.*)
croit que Babrius était contemporain d'Alexandre fils de
Cratère, vers 244 avant J. C.; que c'est de ce prince que
parle le fabuliste, qui aurait été gouverneur de son fils, et
aurait vécu avant Callimaque. M. Lachmann (*Præf.*, p. xi,
sq. ed. Babr. fabb.) prétend au contraire, d'après le témoignage du grammairien Dosithée et du lexicographe Apol-
lonius, que Babrius, qui vivait sur les frontières de la
Cilicie et de la Syrie, vers l'an 72 de l'ère chrétienne, a
composé ses fables pour le fils de cet Alexandre, petit-
fils d'Hérode, marié à Jotapé, fille du roi de la Comma-
gène, et créé lui-même roi de l'Issiade par Vespasien. Une
telle divergence de sentiments suffit seule pour prouver
la difficulté de la question.

gnation ; fable 28 , il peut sembler cruel de tourner
en ridicule une mère qui songe à tirer vengeance de
la mort de son enfant ; fable 113 , parce que la tortue forme le vœu, déraisonnable sans doute, d'avoir
des ailes , l'aigle la brise contre un rocher; la leçon
est un peu dure ; mais dans ces passages et dans quelques autres , encore une fois , on doit ne considérer que la pensée dominante du fabuliste. Quelquefois , La Fontaine, en traitant le texte d'un de
ces apologues , à la fantaisie de relever au passage
certaines choses déraisonnables , mais uniquement
parce qu'il y trouve matière à glisser quelque trait
ingénieux. Ainsi, dans la fable 3 du vi^e livre, *Phébus
et Borée* (correspondant à notre fable 18), il dit :

> ......Notre souffleur à gage
> Se gorge de vapeurs, s'enfle comme un ballon,
> Fait un vacarme de démon,
> Siffle, souffle, tempête, et brise en son passage
> Maint toit qui n'en peut mais, fait périr maint bateau,
> Le tout au sujet d'un manteau...

Ces vers sont charmants ; mais le bon La Fontaine
fait ici l'esprit fort, censure et déconsidère son sujet.
Il n'est plus l'homme de son apologue , le fabuliste
naïf....., et cependant nous ne l'en blâmons point.
Notre irrévérence se risquerait plutòt à blâmer un trait
de l'*Homme entre deux âges* (1, 17, correspondant
à notre fable 22) :

> Toutes deux firent tant, que notre tête grise
> Demeura sans cheveux, *et se douta du tour*.

Dans le texte d'Ésope, les deux femmes n'agissent
point par malice, mais chacune en écoutant son penchant ; cela est plus naturel et vaut mieux.

Nous avons apporté à versifier cette traduction tout le soin dont nous étions capable, et nous croyons lui avoir conservé la fidélité et l'exactitude nécessaires, malgré les petites gênes qu'apporte l'exigence de la rime. Qu'on ne nous en demande pas davantage, et que l'on n'exige point dans un pareil travail la stricte concision à laquelle une traduction en prose n'atteint déjà qu'avec peine. On conçoit que, sans nous permettre de broder le canevas, et sans jouer le rôle présomptueux d'imitateur aspirant à embellir le sujet remanié, nous avons dû procéder en saisissant les pensées successives de Babrius pour en extraire les éléments de la versification, et nous mettre un peu à l'aise, ou plutôt nous ménager la possibilité de marcher. Si donc il se rencontre çà et là quelque trait fugitif qui ne soit pas la traduction *ad verbum* de l'expression du texte, on ne saurait nous en blâmer, dès que nous restons fidèle à l'esprit de la phrase; nous avons d'ailleurs cherché à éviter, en prenant nos petites licences, de tomber dans la paraphrase. Peut-être irions-nous jusqu'à affirmer que, en thèse générale, une pareille manière de rendre l'original est souvent plutôt une traduction véritable, que la version sèche, gauche, inexacte dans son exactitude, et reproduisant les mots stérilisés plutôt que le mouvement de la pensée.

Si l'on comptait le nombre des vers du texte grec et ceux de la traduction, on trouverait que cette dernière dépasse l'autre de moitié; mais il faut considérer que Babrius se sert du vers choliambe, équivalant pour la quantité à notre alexandrin; et qu'ayant préféré la variété des vers libres, qui en comportent beaucoup de petits, nous avons été nécessairement poussé à une plus grande extension.

J.-F. GAIL.

FABLES

DE BABRIUS.

1. *Prologue.*

La race des mortels, en son premier essor,
Pratiquait la justice, et ce fut l'âge d'or,
Cher Branchus : . . . .
. . . .
Un autre vient après, qu'on nomme âge d'airain ; 5
Puis, l'âge des héros : enfin le genre humain
Vit le siècle de fer envahir la nature,
Sur la terre semant les crimes, le parjure.
Jupiter accordait, avant l'ère des maux,
Le don de la parole à tous les animaux ;   10
Entre eux ils conversaient, en courant le bocage ;
La pierre aussi parlait, l'arbre avait son langage.
Pour ouïr le dauphin un vaisseau s'attardait ;
Au babil des moineaux le pâtre répondait.
Du sol on tirait tout, sans fatigue infinie ;   15
Entre dieux et mortels point de cérémonie.
Ainsi le monde allait, et tu le verras bien
Aux fidèles tableaux du vieillard phrygien,
D'Ésope, qui jadis en faisceau, pour instruire,
Assembla ces récits que je vais te redire.   20
De l'incommode mètre il repousse la loi ;
Moi, j'aide ta mémoire, et mon zèle pour toi,
Remplissant d'un doux miel la coupe la plus pure,
De l'iambe piquant amortit la blessure.

2. *L'Archer et le Lion.*

Un homme arriva pour chasser
Dans les détours d'une montagne ;
Il était bon tireur : en le voyant passer,
Les animaux, à travers la campagne,
Par des clameurs semblaient se l'annoncer ;   5
Ce fut une déroute à nulle autre pareille.
Mais un lion, que son orgueil conseille,
Provoque au combat le chasseur.
« Attends-moi, dit-il ; pas si vite ! »
L'homme répond : « Tu te fais agresseur ?   10
Reçois mon messager, et tu sauras ensuite,
D'après son avis précurseur,
Le parti qu'il convient de prendre ! »
L'archer, sans plus attendre,
Met un pied en avant ; le trait est décoché,   15
Dans les flancs du lion il pénètre, il y reste...
L'animal vers les bois cherche un prompt débouché.
Un renard, qui du coup ne paraît pas fâché,
L'engage à persister, malin comme une peste.
« Point ! point ! dit le lion ; moi, donner là-dedans ?
Quand je reçois un si rude message,   21
Celui qui l'envoya doit l'être davantage ;
Tournons le dos aux malheurs évidents ! »

Edit. Princeps, 1. Esope, édit. Coray, fab. 279. Avien, 17.

3. *Le Laboureur qui a perdu son hoyau.*

En devoir de creuser des fossés dans sa vigne,
Un laboureur cherche en vain son hoyau,

Et demande aux gens du hameau
Qui lui joua ce tour indigne.
Chacun niait le cas ; embarrassé, 5
Il les mène tous à la ville
Prêter serment. « Ici, chose inutile !
Les dieux de mon village ont l'esprit émoussé ;
Dans la cité leur vue est plus subtile,
On garde les meilleurs pour un lieu policé, » 10
Pensait le rustre. Ils ont franchi la porte ;
Déjà la plaideuse cohorte,
Profitant de l'occasion,
Au bord d'une fontaine a jeté la besace,
Pour réjouir ses pieds par une ablution ; 15
Lorsqu'un héraut proclame sur la place
Que les magistrats ont promis
Mille drachmes de récompense
A qui révèlerait, aidant leur vigilance,
L'auteur d'un vol dans le temple commis. 20
Notre homme entend, se dit : « Quelle bévue !
Ces dieux-là sauront-ils trouver d'autres voleurs,
Quand ils ne trouvent pas les leurs,
Et font quêter des yeux meilleurs
Chez les mortels qui passent dans la rue ? » 25

Editio Princeps, 2.

---

4. *Le Chevrier et la Chèvre.*

Un chevrier songeait à ramener,
Le jour tombant, son troupeau vers l'étable ;
Il avait beau se démener,
Les chèvres opposaient une humeur intraitable :
Les unes daignent revenir, 5
Les autres point. Surtout le pâtre avise,

Au revers d'un coteau, certaine chèvre éprise
D'un séduisant régal qu'elle ne peut finir,
Avec amour broutant et lentisque et cytise.
    Le rustre lance une pierre de loin,   10
      Qui, frappant juste sur la tête,
    Brise une corne à cette pauvre bête.
« Chèvre, ma camarade, en grâce, est-il besoin
    De raconter la chose à notre maître? »
Dit le berger penaud. « Je t'en conjure ici,   15
     Au nom de Pan, le dieu champêtre,
   Ne me vends pas; en te blessant ainsi,
      Moi, qui visais à terre,
   Sans le vouloir, je cause un grand malheur,
   Et j'en conçois une vive douleur! —   20
Le moyen, à présent, que j'en fasse mystère?
Ma corne crie encore, et j'aurai beau me taire! »
Edit. Princ., 3. Esope, 151. Phèdre, Fab. nouv. 23, = VI, 23.

5. *Le Pêcheur et le Poisson.*

Un pêcheur, qui venait de jeter son filet,
Le soulève... Il y voit poissons de mainte sorte.
    Un tout petit, heureux d'être roquet,
   Dans le tissu trouve une porte,
Et file dans les flots, sans faire son paquet;   5
Tout gros poisson est pris, couché dans la nacelle.

Les humbles de destin à tort veulent changer;
L'obscurité souvent sert à nous protéger :
L'orage vient, et ceux qu'un haut poste décèle,
    Échappent bien moins au danger.   10

Editio Princeps, 4. Esope, 154

6. *Les jeunes Coqs.*

A Tanagre, deux coqs se livrèrent bataille :
Autant que les humains, on les dit belliqueux.
Le vaincu, tout meurtri, derrière une muraille
  Se cache, tant il est honteux !
Le vainqueur, sur un toit, d'où son triomphe plane,
Bat des ailes ; il chante, enivré se pavane ;
  Un aigle passe et le happe, et tout droit
Se perd dans les cieux… L'autre, à pareille aventure,
  Se réjouit de sa blessure,
Retourne courtiser les poules de l'endroit,   10
Profits inespérés de sa déconfiture.

Mortel, si le destin se plaît à t'élever,
  Point d'aveugle jactance !
Sa rigueur bien souvent vaut mieux pour nous sauver,
  Que sa faveur sans la prudence.   15

  Editio Princeps, 5. Esope, 145. La Fontaine, vii, 13.

---

7. *Le Pêcheur et le petit Poisson.*

Un pêcheur, qui restait cloué sur le rivage,
Et dont la mince ligne était le gagne-pain,
  Au bout du crin, dont il voit le tirage,
Devine une capture et soulève sa main ;
C'est peu de chose, un petit poisson grêle,   5
  De ceux que l'on jette à la poêle.
  Le poisson prie, en palpitant :
  « Que gagnerez-vous à me prendre ?
  Combien espérez-vous me vendre ?
Je n'ai pas ma croissance, attendez un instant !

Tout à l'heure je viens de naître   11
Au pied de cette roche; en me faisant mourir
Vous n'avez rien. La liberté, mon maître!
Quand d'algues j'aurai pris le temps de me nourrir,
Quand je serai dodu, plus présentable   15
Pour figurer sur une table,
Ami, je reviendrai vers toi;
Tu me repêcheras; tu peux compter sur moi! »
Ainsi la bête sautillante
Invoquait sa pitié d'une voix bégayante;   20
Mais le vieillard, sans se laisser toucher
Par un si captieux langage,
Bien dru dans un panier très-preste à l'empocher,
Répond : « Pour peu que l'on soit sage,
D'un gain pauvre, mais sûr, on sait se contenter,   25
Et l'incertain ne doit pas nous tenter. »

Editio Princeps, G. Esope, 124. Avien, 20. La Fontaine, v, 3.

8. *Le Cheval et l'Ane.*

Un homme possédait un beau cheval, en laisse
Se promenant pour unique travail;
Mais un pauvre baudet, chancelant de vieillesse,
A lui seul portait l'attirail.
L'âne, en chemin, dit à son camarade :   5
« Si d'un tel poids tu prenais une part,
Toi fringant, toi gaillard,
Peut-être encor j'irais, quoique malade;
Sinon, je sens que je vais expirer! —
Marche! » dit son voisin; « trêve d'impertinence! »
Sans murmurer,   11
L'âne supporte la souffrance,
Et marche; mais bientôt, sous le mal affaissé,

Il tombe, expire, ainsi qu'il l'avait annoncé.
L'homme prend le coursier, du bagage l'approche :
      Pour lui sera tout le fardeau ;   16
      D'abord le bât, puis la sacoche ;
      Du mort il ajoute la peau.
« Hélas ! » dit le cheval, « la mauvaise pensée !
      Si le faix j'eusse partagé,
Plutôt que d'écouter ma rigueur insensée,
      Du tout l'on ne m'eût pas chargé ! »

    Editio Princeps, 7. Esope, 125. La Fontaine, vi, 16.

---

9. *L'Arabe et le Chameau.*

    Un Arabe venait d'étendre
    Sur la bosse de son chameau
    D'un lourd bagage le fardeau :
« Aimes-tu mieux, dit-il, ou monter, ou descendre ? »
    Et le chameau, plus sensé qu'on ne croit,   5
Répond : « Ne pouvez-vous suivre le chemin droit ? »

             Editio Princeps, 8.

---

10. *Le Pêcheur qui joue de la flûte.*

Un pêcheur sur la flûte était de grande force ;
    Et, dans l'espoir que les poissons
    Allaient céder à cette douce amorce,
De sa flûte il tirait les plus aimables sons :
Faisait-il son métier ? À souffler il s'épuise.   5
    Las, à la fin, de souffler sans profit,
De jeter son filet notre artiste s'avise,
        Et bien il fit ;

Cela lui vaut une riche capture
De poissons frétillants, et sots de l'aventure.   10
Le pêcheur raille, en lavant son butin :
« Dansez maintenant sans musique !
Mieux valait, cerveaux sans logique,
Sauter quand ma flûte magique
Jouait pour vous mettre en train. »
Sans travail, par la flânerie,   15
Quel profit espérer ?
Lorsque, d'un coup certain, ton habile industrie
Saisit le bien qui se fit désirer,
Donne alors, si tu veux, cours à la raillerie ;   20
A tes ébats permis de te livrer.

Editio Princeps, 9. Esope, 130. La Fontaine, x, 11.

11. *L'Homme et le Renard.*

Un renard, le fléau des jardins, de la vigne,
Par un homme fut pris un jour ;
Celui-ci, pour punir d'une manière insigne
L'auteur de maint perfide tour,
A sa queue attache une botte   5
De sarments !... C'eût été trop peu ;
Mais, plus méchant, le rustre y met le feu.
« A présent, va, mon drôle, trotte ! »
Cette action déplut au dieu
Dont le regard planait sur la contrée ;   10
Il pousse la bête effarée
Dans les guérets de celui
Qui, cruel, imprudent, à soi-même aura nui.
C'est la saison où l'on moissonne ;
Aux regards tout sourit, dans les champs tout foisonne.
Notre brutal suit d'un œil curieux   16

La course du renard; mais, voyant le ravage,
         Il gémit, il est furieux;
Et Cérès, sans pitié, contemple le dommage.

    Dans nos transports, sachons nous modérer; 20
Quelquefois Némésis (loin de nous ces pensées!)
Inspire au genre humain des haines insensées,
    . Fatales à celui qui se laisse égarer.
                     Editio Princeps, 11. Esope, 163 et 304.

12. *Le Rossignol et l'Hirondelle.*

         Loin du village une hirondelle
Jusqu'au fond des forèts avait poussé son vol:
         Elle y trouve le rossignol
              A la douleur fidèle,
              En sons mélodieux   5
Redisant aux échos, à la voûte des cieux,
         D'Itys la mort prématurée.
         L'un près de l'autre revenus,
    Rien qu'à la voix, ils se sont reconnus.
         « Quelle rencontre inespérée!   10
         C'est vous, mon cher? joie et santé! »
         Dit l'hirondelle. « En vérité,
Depuis notre départ de la sauvage Thrace,
         Toujours des climats entre nous!
         Sans doute quelque dieu jaloux,   15
    De nos destins nous dérobait la trace.
         Jeunes, nous fûmes séparés;
Avec moi regagnez le domaine des hommes,
         Et, là-bas, vous vous trouverez
    Soigné, content, ainsi que nous le sommes. 20
Quittez votre forèt, les injures de l'air;
A changer de séjour le bénéfice est clair.
         Le campagnard nous prète sa demeure;

                                        * 1

Vous chanterez pour lui, condition meilleure,
Que celle de chanter pour les hôtes des bois !   25
        La nuit vous mouille de rosée,
Le jour a ses ardeurs, cela gâte la voix...
Venez, votre science ailleurs sera prisée. »
        De son accent sonore et doux,
Le rossignol répond : « Je n'irai point chez vous ! 30
Laissez-moi, chère amie, à mes roches désertes,
A ces monts sourcilleux, aux solitudes vertes !
        Je fuis les humains, les cités,
          Depuis le temps d'Athènes ;
L'approche des mortels renouvelle mes peines ;   35
J'y retrouve mes maux, ici mieux abrités ! »

        Au mauvais destin qu'on éprouve
        Quelque remède encor se trouve
    Avec la muse et les sages amis ;
        Mais évitez surtout le monde !   40
        Est-il de plus cruel ennui
    Que de montrer sa misère profonde
        A ceux dont on parut l'appui ?

       Editio Princeps, 12. Esope, 149. La Fontaine, iii, 15.

---

13. *Le Laboureur et la Cigogne.*

Dans les sillons, avide de vengeance,
Un laboureur a tendu ses lacets ;
Il y prend mainte grue, insatiable engeance,
    Partout dévorant la semence ;
    Et puis encor, dans ses filets   5
    Il voit mêlée une cigogne,
    Qui se hâte de réclamer.
    « N'allons pas trop vite en besogne

Il suffira de me nommer;
Moi, je ne suis point une grue,   10
Race sans probité, qui sur ton grain se rue,
Mais bien une cigogne, et ma couleur le dit;
L'oiseau le plus pieux, nourrissant père et mère...
Bizarre sort! comment se peut-il faire
Qu'ainsi je tombe en ce piége maudit? —   15
Je ne sais pas, madame la cigogne, »
Répond le laboureur, « quelle est votre vertu;
De la nier il serait superflu;
Mais vous avez suivi l'essaim qui, sans vergogne,
Se fait un jeu de ravager mes champs,   20
Et vous aurez le sort de ces méchants! »

Veille sur toi, mortel; lorsque tu hantes
Les pervers, ainsi qu'eux tu seras réprouvé;
Il ne sera jamais prouvé
Que tu sois différent de ceux que tu fréquentes.   25

Editio Princeps, 13. Esope, 172.

---

14. *L'Ours et le Renard.*

De chérir l'homme un ours se vantait fort,
Sur lui ne commettant nulle autre violence.....
Quand de sa griffe il était mort!
Le renard dit : « Ma foi, je pense
Qu'il vaut mieux aller jusqu'au bout;   5
Une fois mort, le mettre en pièces,
Mais épargner l'homme debout. »
Je ne fais point cas des tendresses
De qui me nuit, tant que je suis vivant,
Et, trépassé, promet de me pleurer souvent.   10

Editio Princeps, 14.

15. *L'Athénien et le Thébain.*

A côté d'un Thébain, un citoyen d'Athène
Faisait chemin un jour ; ensemble on devisait ;
C'est tout simple. Ne sais enfin qui les amène
A parler des héros, de tout ce qu'ils ont fait ;
Ce texte est délicat. Au noble fils d'Alcmène   5
Le Thébain a fini par décerner le prix :
« C'est le roi des héros, dit-il, et pour sa peine
Il règne maintenant aux célestes pourpris. »
L'Athénien répond que la chose est aisée
De montrer que ce titre est le droit de Thésée :   10
« Thésée en son partage eut le destin des dieux ;
Sa mission vraiment était toute divine :
D'Hercule le destin commence et se termine
      Par des travaux obséquieux. »
      Le trait fut sans réplique ;   15
      Et, grâces à sa rhétorique,
L'Athénien l'emporte ; il eut le dernier mot.
L'autre, franc Béotien, mais qui n'était pas sot,
      Lui dit dans son rude langage :
« Assez ; finissons-en ; c'est à toi l'avantage.   20
Gardons chacun nos dieux ; et tombe le courroux
Sur Thèbes de Thésée, et d'Hercule sur vous ! »

Editio Princeps, 15.

16. *Le Loup et la Vieille femme.*

Dans son village, une vieille servante,
Pour dompter un marmot qui crie et se lamente,
      Lui dit : «Tais-toi !... Tiens, je te donne au loup ! »
      Un loup rôdeur entend, et, pour le coup,
      Sur la menace positive,   5

Se voit un excellent souper...
En perspective.
L'enfant s'endort. « N'importe, il ne peut m'échapper. »
Mais l'enfant dort toujours, et la soirée avance ;
Ventre affamé perd patience...   10
Le loup renonce au poste, à sa folle espérance.
« Quoi ! vous êtes du gîte absent dès le matin,
Et de vous, « dit sa louve, » en vain moi je réclame
Le plus misérable butin !
Vous n'avez rien ?—Eh ! non.—Mais pourquoi donc enfin ?
—Pour avoir écouté les propos d'une femme ! » 16

Editio Princeps, 16. Ésope 138. Avien, 1. La Fontaine, iv, 16.

17. *Le Chat et le Coq.*

Des volailles de la maison
Affriandé, certain chat imagine,
Comme un sac, de se pendre aux clous d'une cloison.
Le coq de loin vous l'examine,
Bon bec, et surtout fin matois.   5
« Eh ! eh ! l'autre ! » dit-il d'une stridente voix,
« J'ai vu bien des sacs dans ma vie ;
Ils n'avaient pas de dents, ni de mordre l'envie ! »

Editio Princeps, 17. Ésope, 28. La Fontaine, iii, 18.

18. *Borée et le Soleil.*

Borée et le Soleil se prirent de défi
Pour le caprice que voici :
Vêtu de son surcot, un paysan chemine ;
Lequel des deux contraindra le lourdaud
A jeter son costume au milieu de l'assaut ?   5

Borée essaie, et, selon sa routine,
Souffle de sa large poitrine
Un de ces ouragans faits pour tout renverser,
Comme ceux dont la Thrace
Sans cesse nous menace.   10
« A ton surcot il faudra renoncer ! »
Dit Borée. Il se trompe ! Au lieu de lâcher prise,
Conjurant l'effort de la bise,
Pour les ajuster sur ses flancs,
Le voyageur serre ses vêtements ;   15
Il rencontre un rocher, se retranche derrière,
Et bien blotti contre la pierre,
Laisse passer la rage des autans.
Le Soleil, à son tour, la face calme et pure,
Dissipe le frisson que ce bonhomme endure ;   20
Alors ses dards insidieux
D'une vaste chaleur envahissent les cieux.
D'abord tout réjoui, bientôt l'autre suffoque,
Au point de jeter sa défroque.
Le pari fut gagné par l'astre radieux.   25

Préfère, cher enfant, la douceur, le silence ;
Ils font plus que la violence.

Edit. Princeps, 18. Esope, 306. Avien, 4. Plut. *Præc.*
conj. § 12. La Fontaine, vi, 3.

------

19. *Les Raisins et le Renard.*

Sur un coteau caressé du soleil
Des grappes de raisin, noires, appétissantes,
Pendaient ; maître renard, à leur aspect vermeil,
Les juge de bon goût, douces, rafraîchissantes ;
Je le crois bien ! la vendange approchait.   5
Notre renard s'élance, saute encore...
Jamais son museau n'y touchait ;

Pourtant le raisin se penchait.
Comme sa peine s'évapore,
Il se retire, affecte un sublime dédain.   10
          « Bah ! cette vigne n'est pas mûre,
Ainsi que je pensais ; je la déclare sure,
          Décidément, un fruit malsain ! »

Edit. Princeps, 19. Esope, 156. Phèdre, IV, 3. La Font., III, 11.

---

20. *Le Bouvier et Hercule.*

De la bourgade prochaine,
Un bouvier ramenait chez lui son chariot ;
L'équipage rustique, après un lourd cahot,
Verse dans un fossé ; voilà notre homme en peine,
          Mais regardant, ne bougeant pas   5
Pour essayer, au moins, de sortir d'embarras.
          Il se met, en cette occurrence,
          A supplier Hercule, dieu puissant,
          Qui toujours eut sa préférence,
De lui prêter un peu d'aide en passant.   10
« Me voici, » dit le dieu ; « soulève cette roue.
Très-bien ! Presse, à présent, tes bœufs de l'aiguillon...
A merveille !... Voilà ton char hors de la boue,
          Roulant sur son double rayon.
N'invoque pas des dieux l'assistance suprême,   15
          Avant de t'être aidé toi-même. »

Editio Princeps, 20. Esope, 339. Avien, 32. La Fontaine, VI, 18.

---

21. *Les Bœufs.*

Les bœufs, mécontents de leur sort,
Aux cuisiniers, de funeste science,
          Jurèrent de donner la mort.

On s'assemble, au combat l'on s'excite, et d'avance
Cornes de s'aiguiser pour le commun effort...   5
      Lorsqu'un vieux bœuf, le doyen d'âge,
    Qui consuma sa vie au labourage,
      Leur dit : « Mais vous n'y pensez pas !
    Quoi ! s'attaquer à des mains exercées,
Par qui les viandes sont, sans effort, dépecées !   10
      Nous souffrirons double trépas,
Quand il ne restera que des bourreaux novices ;
      Jamais homme ne manquerait
      Pour éterniser nos supplices,
Lorsque des marmitons le dernier périrait. »   15

A vant de fuir un mal, prends garde qu'à sa place
      Un pire mal ne te menace !

Editio Princeps, 21.

---

22. *L'Homme entre deux âges et ses deux Maîtresses.*

Un homme avait atteint la moyenne saison ;
    Il n'est plus jeune, et n'est pas vieux encore :
De cheveux noirs, de blancs, le mélange à foison
S'épanche sur son front que la santé colore.
      Il se permet d'être amoureux,   5
    Toujours fêtant Comus, les ris, les jeux ;
Il hante deux beautés, léger comme l'abeille,
      Celle-ci jeune, et l'autre vieille.
La jeune, à toute force, en son galant voulait
      Conserver des airs de jeunesse ;   10
      La vieille voulait la vieillesse.
Le moindre cheveu blanc, la jeune l'épilait,
Même quand de blanchir il ne faisait que mine ;
Pas un seul cheveu noir que l'autre n'extermine.
      Si bien que le pauvre garçon,   15

Passant par la double étamine,
Resta chauve et nanti d'une bonne leçon.

Malheur à l'homme sans cervelle,
Qui livre aux femmes son destin !
Car il n'est quitte d'une belle,   20
Que pressuré, bien dupe, et nu comme la main.

Editio Princeps, 22. Esope, 162. Phèdre, II, 2. La Font., i, 17.

---

23. *Le Bouvier qui a perdu son Taureau.*

Dans les détours d'un grand bois solitaire,
Un bouvier va cherchant son superbe taureau ;
Il adresse des vœux aux nymphes du coteau,
A Mercure, au dieu Pan, puis à tout l'inventaire
Des divinités de l'endroit ;   5
Il promet d'un agneau l'opime sacrifice,
Si, grâce à leur puissant office,
Au voleur il marche tout droit.
Monté sur un sommet, le berger voit sa bête,
Dont un lion faisait repas...   10
Le malheureux pâlit et perd la tête,
N'envisage que le trépas,
Et du troupeau promet le reste,
S'il échappe lui-même à la griffe funeste.

Pourquoi lasser le ciel par des vœux indiscrets,   15
Qu'un autre effacera quelques moments après ?

Editio Princeps, 23. Esope, 131. La Fontaine, vi, 2.

---

24. *Les Noces du Soleil.*

C'était d'un bel été la plus chaude journée ;
Le Soleil célébrait son pompeux hyménée :

Jeux et festins parmi les animaux;
Les grenouilles, en chœur, ne sont pas les dernières
     A coasser leur joie au sein des eaux.   5
L'une d'elles blâma de si folles manières :
     « Tout doux !
Je ne vois pas ici de sujet d'allégresse
     Pour nous,
Mais un sombre avenir de douleur, de détresse! 10
A lui seul, le Soleil desséchait nos étangs;
     Et, quand il se met en famille,
     Attendez-vous à voir garçon ou fille
     Employer comme lui son temps! »

Souvent l'homme léger se livre à l'allégresse   15
Pour un sujet qui doit enfanter sa tristesse.
Edit. Princeps, 24. Esope, 350. Phèdre, I, 6. La Font., VI, 12.

---

25. *Les Lièvres et les Grenouilles.*

     Les lièvres, las d'être poltrons,
Voulurent en finir un jour avec la vie :
     « A l'eau ! passons-nous cette envie;
     Et, dès l'instant où nous mourrons,
Nous cesserons d'être pusillanimes,   5
     Des bêtes abjectes, sans cœur,
De notre effroi palpitantes victimes,
Seulement pour la fuite ayant quelque vigueur. »
Mais, arrivés au lac, leur tombeau, leur asile,
     Ils font sautiller à la file   10
Des grenouilles le camp au soleil endormi,
     Cherchant dans leurs épaisses ondes
     Les retraites les plus profondes
     Contre on ne sait quel ennemi.
La troupe alors s'arrête au bord du précipice,   15

Et cette fois, d'un ton bien raffermi,
L'un d'eux s'écrie : « Arrière, et point de sacrifice !
Nos courages sont des plus mous,
Pourtant, voilà des gens qui valent moins que nous ! »

Edit. Princeps, 25. Esope, 57. Phèdre, *App.*, 2. La Font., II, 14.

---

26. *Le Laboureur et les Grues.*

Un laboureur voyait par maintes grues
Le semis de son champ chaque jour ravagé ;
   Quand elles seront disparues,
   C'est qu'elles auront tout grugé !
Le paysan, alors, d'agiter une fronde   5
Vide... Et la peur d'abord écarte tout ce monde ;
Mais les oiseaux ont vu qu'il ne frappe que l'air ;
On n'a plus peur, on ne prend pas la fuite :
   Pour notre homme l'abus est clair ;
   Assez de menace gratuite !   10
   Dans sa fronde il met des cailloux,
Vise juste, et leur fait des blessures cruelles.
    « Maintenant, sauvons-nous ! »
   Croassent les bêtes entre elles ;
« Que chez les Pygméens soit notre rendez-vous ! 15
Nous effrayer n'est plus ce que l'on se propose,
Et cet homme commence à faire quelque chose. »

Editio Princeps, 26.

---

27. *La Belette prise.*

Une belette au piége est prise ; son bourreau
   L'enlace, et pour qu'elle suffoque,
   La plonge dans un vase d'eau ;

C'est l'équité qu'à tout risque elle invoque :
   « Vous êtes mal reconnaissant,   5
   D'ainsi payer mes bons offices !
Combien de fois, n'ai-je point, en chassant,
Détruit rats et lézards ?... Et mille autres services ! —
   D'accord ! mais tu n'ajoutes pas
   Que tu croques toutes mes poules.   10
Ma viande, tu l'atteins en découvrant les plats ;
   Puis, avec prestesse la roules
Jusqu'à terre, et plus rien au logis !... Tu mourras ;
   Assez de plaidoyer futile !
Car tu me nuis beaucoup, et ne m'es guère utile. » 15

Editio Princeps, 27. Esope, 406. Phèdre, 1, 21.

----

28. *Le Bœuf et la Grenouille.*

   Pour s'abreuver, un bœuf pesant
   Sur le bord d'un étang s'arrête...
D'une jeune grenouille il a brisé la tête !
La mère ne vit pas l'événement fatal ;
   A son retour, inspectant sa famille,   5
Elle demande à tous : « Où se cache ma fille ? —
Morte, hélas ! » dirent-ils. « Dès l'aube, ce matin,
Sur la rive apparut un animal énorme,
   A quatre pieds et d'une masse informe ;
Son talon de ma sœur a tranché le destin ! — 10
Enorme ? » dit la mère, avide de vengeance
   Et se gonflant avec effort ;
   « Surpassait-il ma corpulence ? —
Mère, cessez ! vous trouveriez la mort,
Avant d'atteindre à sa rondeur immense. » 15

Editio Princeps, 28. Esope 420. Phèdre, 1, 23. Horace,
Sat. 11, 3, 314. La Font., 1, 3.

29. *Le Cheval devenu vieux.*

Un vieux cheval, dans un moulin,
Se voit réduit à moudre la farine;
Sous le joug incliné, tournant dès le matin,
Il soupire de faire aussi piteuse mine.
« O ! de mes premiers ans souvenir douloureux !   5
        Pour un vainqueur des nobles jeux
        Que la vieillesse est triste et seule,
Quand, au lieu de la borne, il faut tourner la meule ! »
Possède sans orgueil les feux de ta jeunesse!
    Tout est triomphe en ces destins nouveaux ;   10
    Mais pour combien de mortels la vieillesse
    S'est consumée en pénibles travaux !
Edit. Princeps, 29. Ésope,193. Phèdre, Fab. nouv., 20,⹀vi, 20.

30. *Le Statuaire et Mercure.*

Un sculpteur exposait en vente
Un Hermès de beau marbre, et, parmi les passants,
Il est maint amateur que son chef-d'œuvre tente.
    « Je pleure un fils; mes chagrins sont récents, »
Dit l'un;« sur son tombeau ce marbre peut bien faire!»
Tel autre, artiste, y voit les éléments d'un dieu.   6
        Or il est tard; le statuaire,
    Depuis l'aurore, et sans bouger du lieu,
Expose son Hermès, mais ne peut s'en défaire.
    Il s'assoupit, et, dans son rêve, voit   10
Mercure, c'est lui-même, à la porte des songes :
        « L'ami, chasse de vains mensonges ! »
        Dit-il ; « ainsi ton orgueil croit
Soulever mes destins aux bouts de ta balance,   14
Me rendre ou mort, ou dieu, selon leur convenance? »
                    Editio Princeps, 30. Avien, 23.

31. *Les Belettes et les Rats.*

Les belettes, les rats
Dès longtemps soutenaient une guerre acharnée ;
Le sang coulait, mais la chance obstinée
Aux rats était contraire, et ne variait pas.
Ceux-ci de leurs revers crurent toucher la cause : 5
C'est qu'ils n'ont point de généraux,
Sur qui le bon ordre repose,
Et marchent au combat comme des étourneaux,
Sans connaître de discipline.
On choisit donc les nobles et les forts, 10
Pourvus de sens, payant de mine,
Déployant aux combats les plus mâles dehors.
Chaque chef aussitôt se pique
De former bataillons, phalanges, d'exercer
Les rangs à la manœuvre et de tout replacer, 15
Observant des humains la profonde tactique.
Quand tout frémit, quand tout est prompt,
Que les cœurs brûlent de combattre,
De leur effet ne voulant rien rabattre,
Tous les chefs s'attachent au front 20
De racines, de fleurs, un panache splendide,
Frivole armure et gloriole vide,
Étalée, au moins, de façon
A les tenir en évidence ;
Voici que le grand choc commence... 25
Mais chez les rats a couru le frisson ;
Au premier trou chacun se précipite ;
De leur parure embarrassés,
Des orifices repoussés,
Les chefs seuls n'ont pas eu de place pour la fuite.
Seuls, en plein air, ils sont tous pris ; 31

On élève un trophée, et puis, chaque belette
Emporte sur son dos un général conquis.

    Tout au long, ma fable répète :
Si tu veux vivre calme, à l'abri du danger,   35
Vis modeste, et jamais ne demande à changer.

Edit. Princeps, 31. Ésope, 242. Phèdre, iv, 6. La Font., iv, 6.

---

32. *Le Laboureur et les Étourneaux.*

Les Pléïades, l'automne annonçaient le moment
   D'ensemencer pour la moisson nouvelle ;
   Au sol un paysan confia son froment,
   Faisant auprès active sentinelle ;
      Car des geais la race éternelle   5
      Venait fondre sur les sillons,
Avec ses cris aigus, sa faim, son noir plumage ;
   Des étourneaux, tombant par tourbillons,
        Complétaient le ravage.
      Un enfant suit le laboureur,   10
      Et balance une fronde vide.
      Toujours la bande, avec fureur,
      Pille, gruge, mais, quoiqu'avide,
      Prend l'habitude d'écouter
      Si l'homme ordonne d'apporter   15
        Sa fronde.
Sur ce mot, nos voleurs s'envolent à la ronde ;
     Le maître sut les dépister.
L'enfant est prévenu : « Cette gent exécrable
Et perfide a besoin d'un rude châtiment ;   20
Lorsqu'ils viendront, petit, pas la moindre menace ;
    Mais je dirai tout simplement :
Du pain !... Apporte-moi ma bonne fronde en place. »
    Les étourneaux sont revenus,

Donc le pillage recommence. 25
« Ohé ! du pain ! » dit l'homme, et par la confiance
Voilà nos grugeurs retenus.
L'enfant, fidèle à sa consigne,
Glisse au maître la fronde, et pleine de cailloux.
Soudain, le paysan s'aligne, 30
Au plus épais dirige bien ses coups ;
De l'un la tête est fracassée,
De l'autre c'est la patte, où la côte enfoncée...
Les étourneaux se sauvent tous.
En défilant, ils rencontrent des grues : 35
« Où fuyez-vous si vite, et par bandes si drues ? —
Mais, » dit un geai, « pour éviter
Un fléau qui pour vous n'est pas moins redoutable,
Du genre humain l'engeance détestable ;
Écoutez-les ensemble concerter 40
Ce qu'ils veulent faire ;
Ils parlent en un sens et font tout le contraire ! »
Lorsque la ruse est mise en jeu,
Moi j'en ai peur comme du feu.

Editio Princeps, 33. Ésope, 418.

---

33. *L'Enfant qui a mangé les entrailles d'une victime.*

De moissonneurs une bande joyeuse,
En l'honneur de Cérès célébrant son festin,
Immole un bœuf, dont la chair copieuse,
Sur les tables livrée, assouvira la faim,
Tandis qu'autour, la grange spacieuse 5
Étale des tonneaux de vin.
Là chacun peut faire bombance ;
Mais un enfant, n'ayant pas suffisance,
Des entrailles du bœuf se comble encor la panse.
Il retourne au logis, le ventre un peu trop rond ; 10

Dans les bras de sa mère il tombe : « C'est horrible !
Voyez, je meurs ! et quelle fin terrible !
Ma mère, ô ciel ! mes intestins s'en vont !
—Eh ! non, «dit-elle ; »enfant, point de frivole crainte !
Laisse tout passer sans contrainte ;   15
Car tu vomis, non pas ta substance, mais bien
Les entrailles du bœuf dont tu mangeas ; vaurien ! »

Lorsque, d'un orphelin dévorant la fortune,
L'infidèle tuteur est forcé par la loi
De tout rendre à son tour, à sa plainte importune 20
Oppose cette fable, et raille ainsi sa foi.

Editio Princeps, 34. Esope, 262.

34. *Les Singes.*

Une guenon allait devenir mère
De deux petits ; quand ils virent le jour,
Son cœur également ne se partagea guère ;
A l'un, aveugle en son amour,
Elle prodigue des caresses   5
Et des embrassades traîtresses,
Où le petit trouve enfin le trépas.
De l'autre on ne s'occupe pas,
C'est moins que rien ; aussi, libre il s'élance
Dans la solitude des bois,   10
Y puise le soleil, et l'air et l'existence ;
Et le destin bénit son choix.

Combien d'amis se donnent trop de peine
Pour nous faire le mal que nous voudrait la haine !

Editio Princeps, 35. Esope, 267. Avien, 35.

35. *Le Chêne et le Roseau.*

Un chêne, par les vents vaincu, déraciné,
    Avait roulé de la montagne,
  Et lentement par un fleuve entraîné,
Montrait humilié, de campagne en campagne,
Ce géant des forêts, qui des premiers humains   5
    Eut ses rameaux contemporains.
Mais, sur la double rive, il voit croître et se plaire
    La tige de mille roseaux,
Chancelante et debout, que la fraîcheur des eaux
    Nourrit, féconde et désaltère.   10
    Le colosse ne comprend pas
    Qu'un roseau, plante si fragile,
    Soit demeuré comme immobile,
    Tandis qu'après de longs combats,   14
  Lui, tout-puissant, chêne immense, indomptable,
    Il trouve une fin misérable !
    Tant de gloire, et tomber si bas !
Un roseau dit : « Pourquoi cette surprise ?
    Vous luttiez contre l'aquilon,   19
L'aquilon fut vainqueur ; moi, d'une humeur soumise,
    Je m'incline, au sein du vallon,
Dès qu'au zéphyr ma tige donne prise ! »

Ou fort, ou faible, il ne faut pas, crois-moi,
Tenir follement tête à plus puissant que soi.

Editio-Princeps, 36. Esope, 143. Avien, 16. La Fontaine, ı, 22.

36. *Le Veau et le Taureau.*

Libre du joug, et sans entrave
Courant la plaine, un jeune veau
Bondissait aux côtés d'un pauvre vieux taureau,
A traîner la charrue haletant; il le brave
    Par les discours d'une vaine pitié :   5
« Cher ami, quel travail ! Mais c'est trop de moitié ! »
    L'autre se tait; à tirer sa charrue,
    Se résignant, il continue.
Vint la journée où tous les laboureurs
    Aux dieux faisaient un sacrifice;   10
    Pour le taureau, circonstance propice,
    Il obtint trêve à ses labeurs,
Et, sans joug, fut lancé dans un gras pâturage.
Le veau, que le travail n'a pas cicatrisé,
Est conduit, au milieu d'un pompeux entourage, 15
Vers l'autel, de son sang aussitôt arrosé.
« Voilà pourquoi l'on fit de ta vie une fête!
Ta jeunesse à la mort passe avant mes vieux jours, »
Dit le taureau; « tu sens, par de tristes retours,
La hache et non le joug s'abattre sur ta tête. »   20

        Editio Princeps, 37. Esope, 174. Avien, 36.

37. *Le Pin.*

Des bûcherons avaient couché par terre
Un pin, sauvage enfant de leurs forêts;
Déjà des coins l'entaille nécessaire
Va du travail adoucir les apprêts.

Le pin gémit : « Je n'ai point de reproches 5
Pour la hache qui vint ici me renverser ;
Mais ces coins scélérats prompts à me transpercer,
Ils sortent de mon sein ! Tant souffrir de ses proches !
Chacun d'eux à l'envi m'entame de façon,
   Qu'il me déchire et qu'il me tue. » 10

   Or, toute fable a sa leçon ;
  Notre âme est moins tristement abattue
   Du mal venu d'un étranger,
Que des coups d'un parent qui dut nous protéger.

Editio Princeps, 38. Esope, 179.

38. *Les Dauphins et le Crabe.*

  Les dauphins avec les baleines
  Prolongeaient des guerres sans fin ;
Un crabe vint s'offrir pour accorder leurs haines !
Comme si, dans l'Etat penchant vers son déclin,
   L'avis d'un sot sans importance 5
Pouvait entre les chefs maintenir la balance !

Editio Princeps, 39. Esope, 177.

39. *Le Lézard.*

Un lézard se fendit à l'épine dorsale
Pour vouloir imiter la longueur du serpent.

  N'espère point une fin moins fatale,
Toi qui prétends lutter avec un plus puissant.

Editio Princeps, 43. Phèdre, 1, 12. La Fontaine, vi, 9.

40. *Le Chien et le Cuisinier.*

Après un sacrifice, on avait déjà mis
    Riant couvert pour un repas splendide ;
Le chien de la maison, d'âme très-peu sordide,
    Convie un chien de ses amis ;
L'autre arrive aussitôt. Mais le voyant paraitre   5
Le cuisinier le prend par la patte, et d'un bond
      Le jette sans façon
        Par la fenêtre.
Les chiens lui demandaient : «Eh bien! quel bon régal
    As-tu donc fait tout à l'heure ?   10
    — Comment donc? un festin royal!
    Où ferait-on chère meilleure?
Je n'ai pas vu, tant j'étais bien nanti,
    Par quel chemin je suis sorti! »

Editio Princeps, 42. Esope, 129.

41. *Le Cerf et les Chasseurs.*

Au bord d'un lac à l'onde transparente,
    Apaisant sa soif dévorante,
    Un cerf superbe s'inclinait;
Et devant lui, son ombre vacillante
    Sur le miroir se dessinait.   5
Ses jambes, quels fuseaux! et cela l'humilie;
La ramure, au contraire, excite son orgueil.
Mais survint Némésis, qui de cette folie
    Est le triste et fatal écueil.
    Des chasseurs, avec l'équipage   10
    De leurs chiens au fin odorat,
    Et des filets tout le bagage,

Apportent le signal d'un sinistre combat.
La soif est oubliée, et dans le vide espace,
       Ne laissant pas de trace,   15
Le cerf prend de l'avance et vole sans effort.
      Mais il rencontre sur sa route
      Un bois épais, où les arbres en voûte
      Sont avec l'ennemi d'accord,
Où ses cornes toujours ralentissent sa fuite...   20
Le cerf bientôt succombe, et le pauvre captif
      Va répétant d'un ton plaintif :
      « Fatale erreur ! mourir en est la suite !
De mes pieds j'avais honte, ils faisaient mon salut ;
      Je suis trahi par la corne maudite,   25
      Qui me semblait mon plus noble attribut ! »

      En raisonnant sur ce qui te regarde,
       Contre un frivole espoir
       Il faut te mettre en garde,
Et contre les terreurs que tu peux concevoir ;   30
       On se rend souvent bien à plaindre,
       Faute de voir
      Ce qu'on doit désirer ou craindre !

Editio Princeps, 43. Es. 181. Phèdre, I, 12. La Fontaine, VI, 9.

---

42. *Les Taureaux et le Lion.*

      Trois taureaux, bien unis entre eux,
      Paissaient au même pâturage ;
Un lion, qui craignait de trouver trop d'ouvrage
      A s'attaquer au trio vigoureux,
       Laissa de côté son courage   5
      Pour essayer des moyens tortueux.
Les perfides propos, la sourde calomnie
      De nos amis viennent glacer le cœur ;

La société désunie,
Le lion aisément de chacun est vainqueur ;   10
Tour à tour, ils furent sa proie.

Le plus sûr abri, qu'on me croie,
C'est la réserve avec nos ennemis,
Surtout le soin de garder nos amis.

Editio Princeps, 44. Esope, 296. Avien, 18.

----

43. *Le Chevrier et les Chèvres.*

La neige, à gros flocons, sans relâche, croissante,
Tombait ; un chevrier, en pays écarté,
Trouve une grotte, a bientôt abrité
De son troupeau la toison blanchissante.
Mais dans ce lieu s'est déjà retranché   5
Un troupeau de chèvres sauvages ;
C'est un bonheur qu'il n'avait pas cherché !
Elles n'ont plus de pâturages,
On y saura pourvoir ; hautes, la corne au front,
Et l'emportant pour le nombre, la force,   10
Sur les siennes, elles auront
Le meilleur à manger, les autres... de l'écorce ;
Petit malheur, s'il leur faut dépérir !
Quand le soleil ranima la nature,
Les chèvres du berger achevaient de mourir ;   15
Les autres par les monts se mettent à courir,
Force d'instinct ! et cherchent leur pâture
Dans le désert agreste, illimité,
Où se trouve la vie avec la liberté.
Ainsi, dupe d'un double leurre,   20
Le chevrier penaud regagne sa demeure ;
L'espoir de s'enrichir l'a-t-il conduit à bien ?
Il voulut avoir mieux et ne conserva rien.

Editio Princeps, 45. Esope, 150.

44. *Le Cerf malade.*

Un cerf, en ses forêts, d'une torpeur subite
     Sent atteint ce corps si léger ;
Dans un gras pâturage il a placé son gîte,
     Ayant au moins de quoi manger.
    D'ailleurs, il voit affluer en visite   5
     Le cortége des animaux ;
Il est si bon voisin qu'on prend part à ses maux !
Mais chaque visiteur goûte du pâturage ;
     Bientôt c'est un affreux ravage ;
  Plus rien à tondre, et le cerf meurt de faim... 10
     Oui, de faim, non de maladie,
A son second printemps ! Si la bande étourdie
L'avait abandonné, pas de rongeur essaim ;
     Peut-être il fût mort de vieillesse.
     Amitié, ne sois plus traîtresse !   15
  Editio Princeps, 46. Esope, 377. La Fontaine, xii, 6.

45. *Le Laboureur et ses fils.*

     Un digne homme vivait jadis,
     De grand âge, ayant plusieurs fils.
    Quand il pressent la fin de sa carrière,
Il exprime en ces mots sa volonté dernière :
    « Apportez-moi ce qu'on peut recueillir   5
     De branches grêles et menues ;
Ayez soin, en faisceau de me les réunir. »
On fit comme il voulut. « Bien ! » reprit le vieux père ;
    « Essayez tous, sans plaindre vos efforts,
De rompre ces fuseaux, tant qu'un lien les serre. »

On tente et l'on échoue. « Alors 11
De ce faisceau soyèz l'image !
Sans peine, chaque branche à part va se briser ;
Mais, forte de son voisinage,
Il est bien des assauts qu'elle peut mépriser. 15
Entre vous que sans cesse règne
Tendre union de cœurs, de volontés ;
Il faudra qu'un ennemi craigne
Celui qu'il voit gardé de tous côtés.
Si la discorde naît dans vos âmes mobiles, 20
Mes chers enfants, plus de soutien ;
Et vous serez pareils à ces branches, fragiles
Dès qu'elles n'ont pas de lien ! »

Ici-bas, rien ne vaut l'amitié fraternelle ;
Plus d'un chétif a prospéré par elle ! 25
Ed. Princeps, 4. Es. 171. Plut. *Apoph.* Scilur. Stob. Tit. 84, 16.

46. *Mercure et le Chien.*

Près d'un chemin, sur un monceau de pierres,
Un Hermès élevait son buste bien carré,
De l'huile des mortels en tout temps consacré.
Un chien passe, s'approche, et léchant le pavé :
« Salut, Hermès ! Je veux t'adresser mes prières 5
Et t'arroser après. Car ce n'est pas trop faire
Pour un dieu, de la lutte inventeur renommé ? —
« De ma pierre d'abord ôte ta langue impure ;
Va-t'en, » reprit Hermès, « et garde ton ordure !
Tu me verras reconnaissant, 10
Si tu ne me rends plus d'autre hommage en passant. »
Editio Princeps, 48.

* 2

47. *L'Artisan et la Fortune.*

Au bord d'un puits, avec peu de prudence,
Un manœuvre dormait; en rêve il lui sembla
 Que la Fortune venait là
 Lui murmurer en confidence :
 « L'ami, cesse de sommeiller ! 5
 Car, si tu tombes dans l'abîme,
 Les mortels m'en feront un crime;
 On se plaît à me décrier;
C'est le refrain; j'ai tort, sitôt qu'un homme
Commet quelque bévue et vient à la payer, 10
 Ou s'il tombe, n'importe comme. »

Editio Princeps, 49. Esope, 252. La Fontaine, v, 11.

48. *Le Renard et le Bûcheron.*

 Un renard, aux abois,
De son mieux prolongeait sa fuite
 Pour gagner quelque bois,
Où du chasseur s'égare la poursuite.
 Mais les forces vont lui manquer ! 5
Un bûcheron se rencontre au passage :
 « Toi, que seul je puis invoquer,
L'ennemi vient, sauve-moi de sa rage !
Au nom des dieux, rien que l'épais feuillage
 De ces peupliers renversés !... 10
Il faut surtout lui taire ma cachette ! »
L'homme jura d'avoir langue muette;
Renard de se blottir. « Merci, c'en est assez ! »
Le chasseur tarde peu, demande avec instance

Si le renard s'est retranché, 15
Ou si la bête aura cherché
A prendre encor de la distance.
« Je n'ai rien vu, » dit le coupeur de bois ;
En même temps, par un geste rapide,
Non moins éloquent que la voix, 20
Il trahit le secret de sa pitié perfide.
Heureusement, l'autre ne comprit pas,
N'écouta que les mots et se remit en route.
D'un chaud péril c'était sortir sans doute ;
Le renard du branchage a secoué l'amas, 25
Sort, agitant sa queue, et la dent menaçante.
« Quel bonheur ! j'ai sauvé tes jours, »
Dit le vieillard ; « la chose était pressante !
Du moins l'ami s'en souviendra toujours ! —
Comment en perdre la mémoire ? 30
J'ai tout vu, » répond l'animal ;
« Grand bien vous fasse ! Je dois croire
Qu'un jour ce faux serment vous servira fort mal.
Chez vous la langue sauve et le doigt extermine. »

On ne saurait tromper la justice divine ; 35
Le parjure jamais n'a fui son tribunal.

Edit. Princeps, 50. Es., 127. Phèd., Fab. nov. 27 = VI, 27.

---

49. *La Veuve et la Brebis.*

Certaine veuve avait en sa maison
Une brebis à l'épaisse toison ;
Mais son imprudente avarice
Veut ajouter au bénéfice,
Et se chargeant d'un lourd ciseau, 5
Dans son ardeur trop empressée,

Elle l'approche tant de la peau
Que la pauvre bête est blessée.
« Grâce! » dit la brebis d'un bêlement plaintif;
        « Pourquoi cette cruauté vaine ?   10
Quel poids pourra mon sang ajouter à ma laine?
        Prenez un parti décisif!
Si de ma chair vous voulez faire usage,
D'un coup le cuisinier accomplira l'ouvrage;
        Ne voulez-vous que ma toison,   15
        Vous n'avez pas encor raison ;
        Ici que le tondeur arrive,
Me tonde comme il faut, et, du moins, que je vive! »

Editio Princeps, 51. Esope, 288.

---

50. *Le Bouvier et son Chariot.*

Vers la cité des taureaux vigoureux
Tiraient avec effort un char à quatre roues.
        Le char criait sur ses essieux ;
Au bouvier la colère enfin gonfle les joues,
        Il approche et dit :   5
        « Vraiment! j'admire ton murmure,
        O masse inerte, bois maudit!
        Toute la peine, qui l'endure?
Ce couple seul : il te roule, et se tait! »

        D'un lâche voilà bien le fait!   10
        De plaintes il sera prodigue,
        Comme s'il étouffait
Du travail dont il laisse aux autres la fatigue.

Editio Princeps, 52. Esope, 168.

51. *Le Loup et le Renard.*

Un renard tout tremblant fit rencontre d'un loup ;
« Grâce, grâce, » dit-il, « épargne ma vieillesse. —
Allons, je le veux bien, » dit l'autre, « pour ce coup ;
    Et par notre dieu, je te laisse,
    Si tu me dis trois vérités. —   5
Plût à Dieu que d'abord j'eusse fui ta présence !
Que tu fusses aveugle, alors que ma démence
    Me conduisit à tes côtés !
    Puisses-tu perdre l'existence
    Pour me donner mes sûretés ! »   10

Editio Princeps, 53. Esope, 232.

52. *Le Bœuf et l'Ane.*

    L'âne et le bœuf d'un pauvre vieux
    Composaient l'unique attelage ;
    On faiblissait au labourage,
Mais on fait toujours bien, ne pouvant faire mieux.
    Le soir, en finissant l'ouvrage,   5
Du harnais le vieillard les allait affranchir,
Quand l'âne dit au bœuf : « Il nous faut réfléchir :
Du bonhomme qui donc va porter le bagage ? »
    Le bœuf répond sans s'émouvoir :
    « Celui qui le fait chaque soir. »   10

Editio Princeps, 55. Esope, 415.

53. *Jupiter et la Guenon.*

Pour rendre enfin chaque race plus pure,
Jupiter institue un prix de la beauté,
   Prêt à juger qui l'aura mérité
     Par sa belle progéniture.
     De son triomphe déjà sûre   5
   Et des succès de la maternité,
   Une guenon au tribunal présente
Son petit, nu, camard, ébauche déplaisante,
   Que tendrement elle porte en ses bras.
     Tous les dieux de rire aux éclats.   10
     La guenon ne perd point la tête :
« Jupiter sait pour qui le triomphe s'apprête, »
     Dit-elle, « et moi je sais fort bien
   Que nul enfant n'est plus beau que le mien! »

   Quel est le fils que son père n'admire?   15
L'auteur de cette fable a voulu le redire.

Editio Princeps, 56. Avien, 14.

54. *Le Char de Mercure et les Arabes.*

Mercure, dans un char, s'avise d'amasser
     Force mensonges, perfidies,
     Mauvaises trames bien ourdies,
     Et se promet de traverser,
  Sans passe-droit, chaque coin de la terre,   5
  Pour répartir chez tout le genre humain
     Un peu du désir de mal faire,
     Auquel il est d'ailleurs enclin.
     Chez les Arabes il arrive,
  Et là, dit-on, l'équipage est brisé   10
     Pour être mieux dévalisé;

Le char resta sur cette rive.
On croyait d'un riche marchand
Piller les splendides richesses;
Et l'amas de ruses traîtresses   15
Demeura tout à ce peuple méchant.
Rien ne leur échappa; leur impatiente rage
Au reste des humains refusa le partage.
Les Arabes depuis sont restés imposteurs,
Charlatans effrontés, que le profit seul touche;   20
Je le sais par moi-même, et chez tous ces menteurs
Jamais un mot de vrai n'est sorti de la bouche.

Editio Princeps, 57. Esope, 403.

55. *Le Tonneau de Jupiter.*

Jupiter mit un jour tous les biens véritables
Dans un tonneau fermé, que l'homme eut en dépôt;
Mais celui-ci, poussé de désirs indomptables,
Veut connaître du ciel le secret; aussitôt
L'ouverture levée, abandonnant la terre,   5
Qui ne peut plus le retenir,
Au céleste séjour, que sans doute il préfère,
Le trésor part pour ne pas revenir.
L'espérance, pourtant, au passage arrêtée,
Dans cette perte, est à l'homme restée.   10
Depuis, chez tout le genre humain
On voit l'espérance obstinée
Promettre à notre destinée
Ce bonheur envolé, mais qui viendra demain.

Editio Princeps, 58. Esope, 360.

56. *Jupiter, Neptune, Minerve et Momus.*

Jupiter, Minerve et Neptune
Appellent au défi leur sagesse commune
Pour enfanter chacun son prodige nouveau.
Jupiter créa l'homme, œuvre belle et puissante,
Minerve les maisons de la race naissante;   5
    Neptune ajouta le taureau,
    Utile aux champs, et d'ailleurs noble et beau.
    Momus au ciel siégeait encore;
    Pour arbitre on fit choix de lui;
    Mais, plein du fiel qui le dévore   10
    (Instinct qu'il conserve aujourd'hui),
Le juge, en tout, trouve tout à reprendre :
    Le taureau serait un peu mieux,
Si les cornes étaient plus basses que ses yeux,
    Pour bien porter les coups ou pour les rendre. 15
    L'homme, avorton, pauvre sujet,
    A la poitrine trop couverte;
    Il la faudrait surtout ouverte
Pour pénétrer d'autrui, sans retard, le secret.
    Des maisons? chose ridicule!   20
Et comment espérer qu'il avance ou recule,
Cet amas? Si, du moins, on savait inventer
    De fer une quadruple roue,
    Capable de le transporter
    Au gré de qui vient l'habiter!   25
Beau présent qu'un abri, quand sur place il vous cloue!

En travaillant, cherchez à faire bien;

Mais n'ayez pas, pour seul juge, l'envie ;
    Car Momus, telle est sa manie,
    Dira que l'œuvre ne vaut rien.   30
                    Editio Princeps, 59. Esope, 190.

----

57. *La Souris tombée dans une marmite.*

    Dans le gouffre d'une marmite,
    Dont l'orifice était à l'air,
    Et pleine de bouillon, de chair,
Une souris se plonge, en y goûtant trop vite.
Elle absorbe d'abord le savoureux régal.   5
    Mais, suffoquée, elle palpite :
    « Allons, je finis, c'est égal !
J'ai bien mangé, bien bu, fait complète ripaille,
    Il est l'heure que je m'en aille ! »

    A la souris pareil est le glouton,   10
    Dévorant ce qui doit lui nuire,
    Et qui jamais ne se retire
    Devant le dernier rogaton.
                    Editio Princeps, 60. Esope, 243.

----

58. *Le Chasseur et le Pêcheur.*

Un chasseur descendu de la verte montagne,
    Trouve un pêcheur remontant la campagne,
    Son panier plein de poisson frais ;
On s'aborde, on arrive, en causant de plus près,
Aux intimes propos ; le pêcheur n'aime guère   5
    Sa pêche, et c'est le gibier qu'il préfère :
    De son gibier le chasseur peu friand,
Savoure le poisson en délicat gourmand ;
    Et tous les deux d'échanger leur capture.

Longtemps ainsi l'échange dure,   10
Leur assurant un aimable dîner.
Quelqu'un leur dit : « Voulez-vous m'écouter ?
Ce bon arrangement va bientôt se gâter
Par l'habitude monotone ;
Et chacun s'en va regretter   15
Les aliments que son travail lui donne. »

Editio Princeps, 61.

59. *Le Mulet.*

Dans l'étable, un mulet paresseux à loisir,
Bien saturé de grain, par des cris, des ruades,
Et mille autres folles gambades,
De triompher se donne le plaisir.
« J'eus une cavale pour mère,   5
Et ma vélocité n'a rien qui dégénère !... »
Il s'arrête... Soudain retour !
Notre mulet perd contenance ;
Il lui revient en souvenance
Que d'un âne il reçut le jour !   10

Editio Princeps, 62. Esope, 140. La Fontaine, vi, 7.

60. *Le Héros.*

Juste et pieux, en sa demeure,
Un homme possédait le buste d'un héros ;
Vers le lieu consacré revenant à toute heure,
Lui prodiguant à tout propos
Et couronnes et sacrifices,   5
De chaque bien nouveau les fidèles prémices,

s'écriait : « O puissant demi-dieu,
    Puisque à tes pieds je suis sans cesse,
    Fais que le bonheur, la richesse,
    Avec nous habitent ce lieu ! »   10
    Le héros, à l'heure des songes,
Lui répondit : « Ne va pas, insensé,
    Te bercer de vagues mensonges !
Le bien jamais par nos mains n'a passé ;
Ce sont les dieux que la chose regarde,   15
    Des dieux seuls espère le bien ;
    C'est leur lot, à chacun le sien.
On a placé les maux sous notre garde,
    Nous en tenons compte aux mortels.
Si, maintenant, ce que j'ai peut te plaire,   20
    Parle, je vais te satisfaire...
Es-tu d'humeur encor d'assiéger nos autels ? »

Editio Princeps, 63. Esope, 399.

---

61. *Le Sapin et la Ronce.*

    Vive lutte de préséance
Entre le fier sapin et le simple buisson ;
    Pour procéder en conscience,
    L'arbre se vante sans façon :
    « Je suis beau, de rondeur honnête,   5
.Ma taille est droite et mon front touche aux cieux ;
    Fort, souple, industrieux,
Je couvre les palais ; c'est toujours moi qui prête
    Cette courbure aux rapides vaisseaux,
    On me préfère à vingt nobles rivaux. —   10
    Bien ! mais gardes-tu la mémoire
    Et des haches qui t'abattront,
    Et des coins qui te pourfendront ?

En tel supplice, il est à croire
Que du Buisson l'obscure humilité   15
Te conviendrait, offrant sécurité. »

Quelques-uns, sans conteste,
Brillent aux premiers rangs ;
Pour eux, comme le reste,
Les périls sont plus grands.   20

Editio Princeps, 64. Esope, 180. Avien, 19. La Font., 1, 22.

---

62. *La Grue et le Paon.*

Une grue au sombre plumage,
Ne voulait pas céder tout l'avantage
Au paon trop vain, qui, pour seul argument,
Faisait la roue artistement.
« Mais songe donc, » lui dit la grue,   5
« Que, malgré mes ternes couleurs,
Mon vol, en franchissant la nue,
Pénètre aux cieux, dont les ardeurs
Empourprent ton plumage ; et, là-haut parvenue,
Ma gloire éclate en brillantes clameurs.   10
Comme le coq, toujours à terre,
Tu vas traînant ta robe d'or ;
Et quand, tous deux, vous prenez votre essor,
Franchement, il n'y paraît guère ! »

J'aimerais mieux vivre admiré   15
Sous un accoutrement fort mince,
Que d'étaler manteau de prince
Par le mépris public tous les jours déchiré.

Editio Princeps, 65. Esope, 357. Avien, 15.

63. *L'Homme aux deux besaces.*

Prométhée, étant dieu, mais de première race,
D'argile façonna le roi des animaux,
    Et l'affubla d'une double besace
        Pleine de maux;
Ceux du prochain devant, et les nôtres derrière;   5
    La plus grosse était la dernière.
Depuis, l'homme aperçoit les misères d'autrui,
    Mais ne sait pas y voir chez lui.

Editio Princeps, 66. Es. 337. Themist. *Or.* XXI, p. 262.
Tzetzes, *Chil.* IX, 942. Stob. Tit. 23, 6. Phèdre, iv, 10.
La Fontaine, i, 7.

64. *L'Onagre et le Lion.*

L'onagre et le lion unirent pour la chasse,
    L'un sa vigueur, l'autre son pied léger.
Le butin fut complet; puis, pour le partager,
Le lion fait trois lots; avec soin il les place.
    « Le premier, dit-il, est à moi,   5
    Parce que je suis roi :
Du droit d'associé, le second est la suite;
    Le troisième... ma foi !
Il te sera fatal, si tu ne prends la fuite
    Au plus vite ! »   10

    Consultons-nous : point de société
    Avec celui qui nous efface.
    Dans un tel pacte, quoi qu'on fasse,
    Disparaîtra l'égalité.

Editio Princeps, 67. Esope, 225. Phèdre, i, 5. La Font., i, 6.

65. *Apollon et Jupiter.*

Grand archer, non sans étalage,
Apollon défiait les dieux.
« Tirez plus loin, ajustez mieux!
Essayez!.. » Jupiter, par simple badinage,
Accepte le défi; pour les chances du sort   5
Mars a prêté son casque, et Mercure l'agite;
  Phœbus, désigné, courbe vite
  De son arc le nerveux ressort.
  Un trait, perçant d'immenses vides,
  Dans le jardin des Hespérides   10
   Va se planter.
Mais Jupiter d'un pas a franchi tout l'espace :
« Où donc tirer, enfant? il me manque la place! »
Jupiter eut le prix et sans le disputer.

      Editio Princeps, 68. Esope, 187.

66. *Le Lièvre et le Chien.*

Hors des taillis, sa précaire retraite,
  Le lièvre, aux pieds légers, nerveux,
Fuyait un chien expert, chasseur souvent heureux,
  Mais qui trouva, cette fois, la défaite.
  « Quoi? » dit un chevrier moqueur, 5
« A la course battu par si petite bête! —
  Oh! » dit le chien, « qui veut être vainqueur,
  Ne court jamais du même cœur
  Que l'autre pour sauver sa tête! »

       Editio Princeps, 69.

67. *Les Noces des dieux.*

L'hymen à tous les dieux avait donné ses lois;
La Guerre vint trop tard, et n'eut pour son partage,
Tous les autres pourvus, à prendre que l'Outrage.
Elle l'épousa donc, et l'on dit toutefois
Que, depuis ce moment, sa jalouse tendresse   5
Aux pas de son époux veut s'attacher sans cesse.

Peuples et vous mortels, gardez qu'en vos cités
Jamais n'entre l'Outrage! Assis à vos côtés,
A la démocratie il se plaît à sourire;
Mais malheur à celui qui se laisse séduire!   10
Car bientôt, arrivant avec tous ses malheurs,
La Guerre suit l'Outrage et sème les douleurs.

Editio Princeps, 70. Esope, 361.

68. *Le Laboureur et la Mer.*

Un laboureur vit un riche vaisseau
    Qui, se détachant du rivage,
    Allait, pour son premier voyage,
    S'exposer aux périls de l'eau.
« O mer, » dit-il, « pourquoi ton vide espace 5
Fut-il jamais des esquifs sillonné?
    Elément perfide, vorace,
A ta fureur l'homme est abandonné! »
La mer entend; d'une voix féminine,
    Elle répond : « Ménage-moi!   10
Je ne fais pas de mal, autant qu'on l'imagine;
    Mais l'ouragan commande en roi
    A tous les bouts de mon empire.

Quand il sommeille, l'on respire,
On flotte en paix, et mon souple élément,　15
Plus que la terre, aux mortels est clément. »

Telle chose est de bonne essence ;
Mais si de sa triste influence
Le mal en altère un côté,
Tout en elle semble gâté.　　　20

Editio Princeps, 71. Esope, 247.

* * *

69. *Les Oiseaux et le Choucas.*

Iris, céleste messagère,
Chez les oiseaux annonce que les dieux
A leur tribu bigarrée et légère
Offre un prix glorieux,
Celui de la beauté ; tous ont prêté l'oreille,　5
Secret espoir dans tous les cœurs s'éveille.
Au pied d'un sauvage rocher,
Coule une source transparente,
Qui semble se plaire à cacher
Son onde tiède et bienfaisante ;　10
Là se retirent les oiseaux,
Pour se laver et pattes et visage,
Rendre l'éclat à leur plumage,
Se raviver, se faire beaux.
Un geai survient, vieux fils d'une corneille　15
Tandis que nul ne le surveille,
A l'un, à l'autre, avec subtilité,
Il dérobe une plume ; à son dos humecté
Chaque larcin est sans peine ajusté.
Seul, de tous portant la parure,
L'impudent offre au divin tribunal　20

Les charmes de son encolure.
« Qu'est-ce ? » dit Jupiter ; « miracle sans égal ! »
Le geai remportait l'avantage,
Lorsqu'une hirondelle, à propos,
En fine Athénienne, attaque son plumage,   25
Et le confond aux yeux de vingt rivaux.
« Par pitié, » dit le geai, «ne sois pas délatrice ! »
Mais la grive, la pie, et le cruel vautour,
La tourterelle, en voyant l'artifice,
Sur lui se jettent tour à tour,   30
A coups de bec, consommant son supplice.
Ainsi le geai fut reconnu.

Mon enfant, sois orné de ton propre mérite ;
Le mérite d'emprunt nous trahit, et fuit vite,
Comme il nous est venu.   35

Edit. Princeps, 72. Esope, 188. Phèdre, i, 3. La Font., iv, 9.

---

70. *Le Milan.*

Autrefois le milan avait une voix claire ;
Il entend le cheval hennir,
Veut l'imiter, sans obtenir
Ces sons qui semblent tant lui plaire ;
Sa propre voix ne peut plus revenir.   5

Editio Princeps, 73. Esope, 293. Julien, *Misop.*, p. 366.

---

71. *L'Homme, le Cheval, le Bœuf et le Chien.*

Par un temps d'extrême froidure,
Le cheval, le bœuf et le chien
Vont demander abri contre la saison dure
A l'homme qui les reçoit bien.

Dans la demeure hospitalière, 5
Ils sont conduits près du foyer,
Où le maître entend les choyer.
A chacun sa main familière
Offre quelque chose de bon ;
Devant le beau coursier son meilleur grain s'étale; 10
Au bœuf, de fèves part égale ;
Avec le chien il dîne en compagnon.
Les animaux, pour reconnaître
D'un cœur fidèle ces bienfaits,
S'empressent d'offrir à leur maître 15
Les ans et les instincts que le ciel leur a faits.
Le cheval vint d'abord; et nos jeunes années
Sont à l'orgueil, depuis ce temps, livrées.
Ce fut le tour du bœuf; notre âge en son milieu
Travaille, se tourmente en cherchant la richesse. 20
Le chien survint en dernier lieu ;
Il nous apporta la vieillesse.
Partant, tout vieillard est chagrin,
Cher Branchus; c'est là son destin.
Dans le logis grognant son monde, 25
Excepté le valet qui lui sert à manger,
A l'aspect de tout étranger,
Sourdement il aboie et gronde ;
Autour de lui, rien ne devrait bouger !

Editio Princeps, 74. Esope, 194.

---

72. *Le Médecin ignorant.*

Malade, au lit gisait un pauvre diable.
« Courage !.. Encor vous souffrirez;
Le mal s'obstine, il est impitoyable,
Voisin, mais vous en reviendrez ! »
De ses amis tel était le langage.

Un docteur, ignorant et sot,
Lui dit : « Oh ! oh ! pliez bagage !
Bien à regret, je lâche le grand mot ;
Mais je suis franc et rond dans mon langage :
Pour demain, au plus tard, comptez qu'il faut partir. »
Puis il s'en va pour ne plus revenir.   11
Tout doucement l'autre s'en tire,
Et déjà, d'un pas chancelant,
Pâle, au soleil il vient sourire,
Quand il revoit le docteur consolant.   15
« Bonjour, mon cher, » dit l'empirique ;
« Que se passe-t-il chez les morts ? —
Ma foi, leur vie est toute pacifique ;
Ils boivent du Léthé les ondes à pleins bords.
Pourtant, Pluton et Proserpine   20
Y fulminaient contre les médecins,
Coupables envers eux d'innombrables larcins,
Par cette science divine
Qui leur dispute les humains.
On dressait la liste fatale,   25
Où des premiers tu figurais,
Si je ne fusse accouru tout exprès
Pour jurer, attestant la couronne infernale,
Que l'on te calomnie en vain ;
Jamais tu ne fus médecin. »   30
Editio Princeps, 75. Esope, 192. Dosithée, 7.

---

73. *Le Cavalier et le Cheval.*

Un cavalier, tant que dura la guerre,
D'orge bien largement nourrissait son coursier,
Courageux compagnon de son noble métier.
Au retour de la paix, il ne le choya guère ;
Par l'Etat on n'est plus soldé.   5

Pauvre cheval ! de la forêt en ville,

A traîner du bois excédé,

Ou bien loué pour une somme vile,

Que ne souffres-tu pas ? Puis, à ton corps débile

La paille tient lieu d'aliments;   10

Ton dos porte le bât, non plus des ornements !

Mais sous les murs revient fondre Bellone,

Partout la trompette résonne;

Rendez leur lustre aux boucliers;

Qu'on aiguise le fer ! équipez vos coursiers !   15

Notre homme met le frein à sa monture

Pour se pavaner sur son dos;

Mais le cheval, d'une piteuse allure,

Tombe à genoux et s'excuse en ces mots :

« Parmi les piétons que mon maître figure !   20

Il n'a pas songé qu'il ferait,

D'un bon coursier, un âne pauvre, étique;

Aujourd'hui qu'il m'a fait bourrique,

De me rendre coursier trouve-t-il le secret? »

. . **Editio Princeps, 76. Esope, 362.**

74. *Le Corbeau et le Renard.*

Un corbeau dans son bec tenait ferme un fromage;

Certain renard convoite le régal.

Alors, d'un sang-froid sans égal,

Il adresse, d'en bas, à l'oiseau cet hommage :

« Gentil corbeau, vos ailes sont des mieux; 5

Vous avez un cou plein de charmes,

Un perçant éclat dans les yeux,

De l'aigle le poitrail; aux plus terribles armes

Votre ongle peut se comparer...

Quel malheur qu'un défaut vienne tout déparer ! 10

Etre si beau, mais ne pouvoir parler ! »
A cet éloge, étourdi par la joie,
Le corbeau pousse un cri, laisse tomber sa proie.
Le renard s'en saisit, en habile personne ;
  Puis de son ton moqueur,   15
  Il dit au vaniteux parleur :
« Vous muet ! votre voix trop clairement résonne !
 Sur tous les points, vous êtes comme il faut ;
  Le bon sens seul vous fait défaut. »

Edit. Princeps, 77. Esope, 204. Dosithée, 9.
Phèdre, i, 13. La Font., i, 2.

---

75. *Le Corbeau malade.*

 Un corbeau pris d'un grand malaise,
A sa mère disait : « Mère, ne pleurez pas ;
 Mais priez les dieux qu'il leur plaise
De m'épargner les maux et le trépas ! —
 Comment veux-tu que je te satisfasse, 5
  Mon fils ? est-il un immortel
  Dont ta sacrilége audace
 N'ait, quelque jour, pillé l'autel ? »

Editio Princeps, 78. Esope, 132.

---

76. *Le Chien et l'ombre.*

Du prochain cuisinier en flairant la boutique,
  Un chien lui vole un bon morceau,
  Et craignant qu'on ne s'explique,
 Il prend le large, et traverse un ruisseau.
 Dans le cristal, à ses yeux se balance 5
L'ombre de son butin, mais plus grosse que lui ;

Lâchant sa proie, après l'ombre il s'élance;
Celle-ci disparaît; ce qu'il tenait a fui,
　　　Lorsqu'à le ressaisir il pense !
　　　Déçu, penaud et soupirant,　　　　　　10
Le chien tout affamé repasse le courant.

　　　Ainsi le mortel avide,
　　　Que rien n'a jamais contenté,
　　　Poursuit un espoir perfide,
　　　Au lieu de la réalité.　　　　　　15

Edit. Princeps 79. Esope, 209. Phèdre, I, 4.
Dosithée, 11. La Font., VI, 17.

77. *Le Chameau.*

Un homme avait, en buvant, la manie
　　　De forcer son grave chameau
　　　A danser avec symphonie
De flûte, de cymbale, ou bien de chalumeau.
　　«Que je voudrais, marchant dans un voyage,» 5
　　　Se disait le pauvre animal,
　　　« Sans faire rire davantage,
Ne plus goûter le plaisir de ce bal ! »

Editio Princeps, 80. Esope, 405.

78. *Le Renard et le Singe.*

　　« Tu vois ce cippe funéraire, »
Dit le renard au singe; « il couvre de mon père
Les restes réunis à ceux de mes aïeux.—
　　　Tu peux mentir comme tu veux, »
Repart le singe; « ici qui prouve le contraire ? »　　5

Le méchant ment avec amour
Lorsque la vérité ne peut se faire jour.

Editio Princeps, 81.

79. *Le Lion et le Renard.*

Un rat d'un gros lion vint troubler le sommeil,
    En se jetant dans sa vaste crinière;
Du lion bondissant terrible est le réveil,
Il rugit, et d'un bond a franchi sa tanière.
Le renard veut railler: « Se donner tout ce mal,   5
    De nos forêts monarque redoutable,
        Pour l'attaque misérable
        De si chétif animal! —
      Crois-tu donc, ô bête impudente,
      Qu'un rat me cause de l'effroi?   10
Ma peau résiste à sa dent impuissante;
Je le punis d'oser passer sur moi. »

    Tout d'abord, réprime l'audace
Des gens enclins à trop de liberté,   15
    Ou redoute pour ta fierté
    La plus accablante disgrâce,
Le mépris des faquins qui t'auront insulté!

Editio Princeps, 82.

80. *L'Homme et le Cheval.*

Un cavalier, ami de la bombance,
De son cheval dépensait la pitance
    A boire, à manger tout le jour,

Mais il l'étrillait, en retour,
De la meilleure conscience.   5
Le coursier, qui sent le danger,
Dit : « C'est très-bien qu'on nous étrille ;
Mais, si vous voulez que je brille,
Maître, ne vendez pas ce que je dois manger ! »

Que l'opportun et l'utile   10
Pour un ami soient l'objet de nos soins ;
A quoi lui sert un ornement futile,
S'il est en proie aux plus urgents besoins ?

Editio Princeps, 83. Esope, 195.

---

81. *Le Moucheron et le Taureau.*

Sur la corne d'un noir taureau,
Un moucheron se place, et faisant une pause,
« Si toutefois, ô mon hôte nouveau,
Je courbe votre cou sous le poids que je cause ;
Si je vous fatigue vraiment, »   5
Dit-il, d'une voix qui bourdonne,
« Parlez, dès ce moment,
Par égard, je vous abandonne
Pour aller sur un peuplier. —
Eh ! cesse de t'apitoyer !   10
Va-t'-en ou reste, peu m'importe !
Quand sur moi venait se planter
Un géant de ta sorte,
J'étais encore à m'en douter. »

C'est chose sotte et ridicule,   15

Que l'orgueil chez les gens d'en bas!
Pourquoi se poser en Hercule
En face des puissants qui ne le verront pas?

Edit. Princeps, 84. Esope, 213. Phèdre,
Append., 31. La Font., vii, 9.

---

82. *Les Chiens et les Loups.*

Les chiens et les loups sont en guerre;
Pour mener chaudement l'affaire,
Les chiens ont élu général
Un vaillant Achéen. A leur grande surprise,
Ce capitaine sans égal,   5
Voilà qu'il traîne et temporise!
Par tout le camp, des cris séditieux
Vers l'ennemi prétendent qu'on s'élance.
« Mes enfants, un peu de silence! »
Dit l'Achéen; « vous verrez qu'il vaut mieux, 10
Comme je fais, retarder la bataille;
Car enfin, il faut raisonner,
Et mon motif, je vais vous le donner.
Nos ennemis, franche canaille!
J'en tombe d'accord, mais je vois   15
Que tous ils sont de même race.
Parmi nous, voilà des Crétois,
D'autres sont arrivés de Thrace,
Et puis, des Molosses épais,
Des Dolopes, et puis d'autres d'Acarnanie,   20
Et puis... assez! car je crois que jamais
De compter je n'en finirais!
Dans les couleurs est-il plus d'harmonie?
Les uns noirs, les autres cendrés,
Ceux-ci de rouge bigarrés,   25

* 3

Ou poitrail de teinte changeante,
Ceux-là de blancheur éclatante!...
Comment guiderai-je aux combats
Votre disparate assemblage
Contre des gens qui, ne différant pas   30
De couleur, de patrie, ont tous même courage? »

L'union, chez le genre humain,
Amène bonheur et richesse :
Sans elle, d'abord la faiblesse ;
L'esclavage viendra demain.   35

Editio Princeps, 85. Esope, 359.

83. *Le Renard enflé.*

Un hêtre antique, à béante crevasse,
Offrait dans sa racine un vide spacieux ;
Là de quelque pâtre oublieux
Gisait, ouverte, la besace,
Pleine de pain frais et de chair.   5
Un fin renard, le nez à l'air,
En passant découvre la chose,
Et se glisse auprès du butin ;
Prompt au travail, le gourmand se repose
Quand il en a trouvé la fin.   10
A pareil jeu, doit se gonfler un ventre,
Tout veut se placer dès qu'il entre.
Le sac vidé, que faire? Il faut partir...
Hélas! pas moyen de sortir !
Comment s'est donc rétréci l'orifice?   15
Mourir là, quel affreux supplice!
« Je souffre de te voir pâtir, »

Dit un ami, railleur impitoyable;
« Mais il te faut l'épreuve de la faim;
Un jour ou deux! C'est pour après-demain! 20
    Par un retour inévitable,
Ton ventre plein du trou ne sortira,
Que plat et creux, de même qu'il entra. »

Editio Princeps, 86. Es., 158. Dion Chrysost., *Or.*, 47, p. 232 =
528. Horace, *Epît.* i, 7, 29–33. La Fontaine, iii, 17.

84. *Le Chien et le Lièvre.*

    Du gîte délogeant un lièvre,
Un chien le relançait, et, par forme de jeu,
    Sitôt rejoint, le mordillait un peu;
        La pauvre bête avait la fièvre.
        Puis, soudain se radoucissant,   5
Il la flattait d'un air tout caressant.
Le lièvre murmurait : « Où donc as-tu la tête,
        O câline et méchante bête?
        Il faut savoir ce que tu veux :
Etre mon ennemi? dès lors point de caresses! 10
Ami? dis-moi pourquoi, d'un croc hargneux,
        Tu me mords les flancs et me blesses? »

Chez les mortels, il est de ces esprits
        A l'humeur fantasque, incertaine.
Nous veulent-ils faire plaisir ou peine?   15
    Jamais on ne l'a bien compris.

                              Editio Princeps, 87.

85. *L'Alouette et ses petits.*

Une alouette et sa couvée
Avaient pris leur logis dans les herbes d'un champ ;
    Chaque matin, l'aube arrivée,
  Elle répond au courlis dans son chant ;
  Point de souci pour sa progéniture,   5
    Car ses petits sont déjà forts,
  L'aigrette au front et les ailes dehors ;
Elle trouve à manger dans la moisson future.
    Cependant le maître survient,
Fait sa visite, et dit : « Tout est mûr, l'épi brille ;
    Je ne sais plus qui me retient   11
D'amener mes amis ; à chacun sa faucille,
    Et la besogne ira bon train...
  Pourquoi ne pas en finir dès demain ? »
  L'un des petits a surpris ces paroles ;   15
    « Mère, où nous faut-il déloger,
  Pour éviter un si pressant danger ? —
    Non, non, point de craintes frivoles ! »
  Répond la mère ; « il n'est pas temps de fuir ;
  A nous encor la moisson jaunissante,   20
    Tant que son humeur indolente
  Sur des amis compte pour en finir ! »
  Le maître fait sa seconde tournée ;
    Aux feux dévorants de l'été
    Il voit chaque tige inclinée   25
    Livrer son trésor desséché ;
Et, cette fois, notre homme de comprendre
Que d'un salaire il faut payer des gens,
    Plus coûteux, mais plus diligents,
Qui mettront blés en grange, et sans se faire attendre.
  « Çà, » dit l'oiseau, « décampons aujourd'hui ; 31

Prompte sera la chose,
Dès lors qu'il s'en repose,
Non sur les autres, mais sur lui. »

Editio Princeps, 88. Esope, 421. Aulu-Gelle, II, 29.
Avien, 21. La Fontaine, IV, 22.

86. *Le Loup et l'Agneau.*

Où s'égare dans la plaine
Ce pauvre petit agneau,
Loin des chiens et du troupeau?
Mais l'imprudent en va porter la peine.
Un loup le voit, et ne veut pas d'abord,   5
Sans préambule, user de violence;
Il cherche du moindre tort
A lui trouver l'apparence.
«Çà, » dit-il, « l'an passé, tu dis du mal de moi! —
L'an passé?.. du mal de toi?..   10
Mais j'étais encore à naître!—
Ouais! dans mon champ tu viens paître,
Dans le champ qui m'appartient?.. —
Mais de tout pâturage
Encore ma dent s'abstient!.. —   15
Audacieux, tu troubles mon breuvage,
En te servant de mon ruisseau?.. —
Mais je ne bois pas encor d'eau;
Je suce le lait de ma mère! »
« Il a toujours quelque réponse à faire, »   20
Reprit la bête, en dévorant l'agneau :
« Mais vainement tu m'argumentes,
Et te donnes raison sur tout;
Je ne veux pas que tu te vantes
D'avoir, à jeun, fait rebrousser un loup! »   25

Editio Princeps, 89. Esope, 229. Phèdre, I, 1. La Font., I, 10.

87. *Le Lion et le Faon.*

Certain lion se montrait en furie;
Un jeune faon, à travers un fourré,
En tremblant regarde et s'écrie :
« Voilà notre sort empiré !
Dans son délire, il est de tout capable, 5
Lui qui, sans fureur,
Objet de terreur,
Nous semble à peine tolérable ! »

Editio Princeps, 90. Esope, 348.

88. *Le Taureau et le Bouc.*

Du lion redoutable échappant aux regards,
Un taureau trouve, heureuse découverte,
La grotte, en ce moment déserte,
De quelques pâtres montagnards.
Pourtant, un bouc, d'humeur sauvage, 5
En l'absence du chevrier,
Pointe sa corne et tranche du guerrier,
Pour interdire au taureau le passage.
« Si j'ai peur, ce n'est pas de toi, »
Dit celui-ci : « je souffre ta jactance; 10
Mais le lion passé, tu sauras la distance
Qui sépare le bouc d'un vaincu tel que moi ! »

Editio Princeps, 91. Esope, 277. Dosithée, 14. Avien, 13.

89. *Le Chasseur poltron.*

Certain chasseur, de mince audace,
Se démenait pour découvrir la trace
D'un lion, habitant des bois mystérieux,
Epais, presque fermés à la clarté des cieux.
Un bûcheron se trouve sur sa route :   5
« L'ami, » dit-il, « vous me mettrez sans doute
    Sur les traces d'un fort lion,
Qui se retranche en ce sombre vallon?—
    Ma foi, pour vous la chance est bonne ! »
    Réplique le rustre, « et je vais   10
Vous faire voir le lion en personne !.. »
L'autre pâlit; ses dents claquent dans son palais.
« N'en fais pas plus que l'on ne t'en demande;
    Mon cher, je veux que l'on m'entende !
    Montre la trace, te dit-on,   15
    Mais ne montre pas le lion ! »

    Il est des gens dont le courage,
    Jusqu'au moment de l'action
            Fait rage;
    Quand le moment est venu,   20
    Le courage a disparu.

Editio Princeps, 92. Esope, 175. La Fontaine, vi, 2.

90. *Les Loups et les Brebis.*

Les loups, un jour, par ambassade,
    Avec serments d'avance faits,
Proposent aux brebis une solide paix,

Traité sans fin, peu s'en faut, l'embrassade ;
    Depuis longtemps ce sont leurs vœux ;   5
      Mais qu'on livre pour le supplice
      Ces chiens perfides et hargneux,
      Qui toujours empêchent qu'entre eux
      Triste haine ne s'assoupisse.
Ils ne sont forts ni de corps ni d'esprit   10
      Dans le troupeau ; nul ne comprit
Qu'on leur tendait un piége, et l'on allait conclure,
      Lorsqu'un bélier, à tête dure,
      D'un ton colère, et le poil hérissé,
      En face des brebis s'élance :   15
      « Que faites-vous, peuple insensé !
      Après cette belle alliance,
Comment rester avec vous sans gardiens ?
      Car aux bourreaux elle nous livre,
Nous, qui déjà pouvions à peine vivre,   20
      Défendus par les chiens ! »

Edit. Princ., 93. Esope, 237. Phèdre, Append., 21.
La Fontaine, iii, 13.

———◦———

91. *Le Loup et le Héron.*

Un loup souffrait d'un os au gosier demeuré ;
Il promet au héron honnête récompense,
    Si son long cou, dans la gorge plongé,
      Enlève l'os et la souffrance.
      Le loup bientôt est soulagé,   5
      Et le héron, sans plus d'affaire,
      De sa cure exige le prix.
      « Que me parles-tu de salaire ? »

Répond le loup, mécontent et surpris;
« N'est-ce donc pas de quoi te satisfaire,   15
Quand tu restas si longtemps sous le coup,
De te soustraire à la gueule du loup? »

Obliger un pervers jamais ne vous profite,
Ou le profit est tout dans le mal qu'on évite.

Editio Princeps, 94. Esope, 144. Phèdre, I, 8. La Font., III, 9.

---

92. *Le Lion malade.*

Malade, le lion sous un rocher gisait;
  Il a perdu de ses membres l'usage,
  Non d'un ami le consolant visage;
Son fidèle renard avec lui devisait.
Le lion dit un jour : « Il faut que j'en finisse !   5
  Si tu ne veux me voir mourir,
  Satisfais un ardent caprice;
 En ce moment, rien ne peut me nourrir,
  Que la biche du voisinage,
  Celle qui, dans ces bois épais,   10
  Sous l'abri qu'elle se ménage,
  Vit, s'engraisse et repose en paix.
Je ne puis plus me mettre à sa poursuite;
  Mais si tu veux, avant ce soir,
  Je la vois en notre pouvoir;   15
A ta douce parole oppose-t-on la fuite? »
  L'autre est parti; celle qu'il faut livrer
  Se trouve, au sortir du bocage,
  Joyeuse, toute à folâtrer
  Dans les détours de son pacage.   20

      Sire renard est fort insinuant !
        Ses révérences les plus belles !
Il se dit messager d'excellentes nouvelles :
« Le lion, mon voisin, s'en va dépérissant ;
    Il est très-bas, et le sent bien lui-même.   25
       Le vieux roi cherchait aujourd'hui
        A qui confier après lui
    Le lourd fardeau de son pouvoir suprême.
    Au sanglier ?.. que de stupidité !
    L'ours est pesant, le léopard colère,   30
       Le tigre, aveugle en sa fierté
       Et trop sauvage ! Comment faire ?
    Enfin, son choix sur vous s'est arrêté.
La biche réunit des formes l'élégance
Au privilége heureux d'une longue existence,   35
       Et son front porte une défense
       Qui brave tous les animaux,
       ~~De l'arbre imitant les rameaux,~~
       Et non tortueuse, inclinée,
    Comme au taureau. Que dire encor ? ce soir,
       A vous la palme est décernée,   41
       A vous le souverain pouvoir !
       N'oubliez pas, ô noble reine,
Le renard qui vous vint annoncer la grandeur !..
       C'est tout ; ma chère, quel bonheur !   45
Mais le lion m'attend ; ah ! quelle chaîne !
De mes conseils il ne peut se passer ;
       Il m'a fait demander, je gage ;
       J'y cours, sans jaser davantage,
Et, vous aussi, songez à vous presser...   50
       Croyez à mon expérience,
En arrivant, placez-vous près de lui ;
       Par des soins calmez sa souffrance,
Par des propos, dissipez son ennui.

Aux derniers instants de la vie,   55
   Un rien suffit pour nous charmer ;
Et du mourant l'âme se réfugie
   Dans ses yeux qui vont se fermer. »
Le renard se retire, et la biche crédule,
   Toute à son rêve ambitieux,   60
   Du lion gagne la cellule,
Sans se douter du piége qu'on lui tend.
   Elle entre, l'animal farouche,
   A son premier transport cédant,
   Trop tôt s'élance de sa couche ;   65
   A celle qu'il veut dévorer
   Sa griffe ne peut déchirer
   Que les oreilles... Par la porte,
   Dont elle était encore près,   70
L'autre bondit vers les libres forêts
   Où la terreur au loin l'emporte.
Coup manqué ! Le renard se frappe dans les mains,
Piqué de voir rendus ses beaux mensonges vains ;
   Mais la crinière au lion se hérisse,   75
   Eprouvant le double supplice
   Et de la rage et de la faim.
   Cependant, il supplie encore
   Son cher ami d'imaginer
   Un nouveau tour pour ramener   80
   Cette fugitive pécore !
   « La mission, » dit le renard,
         « Est délicate ;
De réussir à peine je me flatte,
   Mais j'obéis.... » Et, sans retard,   85
Comme le chien subtil, pour ressaisir la trace,
   Attentif, il retourne en chasse,
   Méditant des piéges nouveaux.
Tandis qu'il court et par monts et par vaux,

A tout berger, d'une bouche empressée
Il demande : « Vit-on une biche blessée   90
          Porter sa fuite vers ces lieux ? »
          Chacun renseigne de son mieux.
Il trouve enfin, soufflant de sa course forcée,
          La pauvre bête en un réduit obscur.
              Le renard voile d'impudence   95
          Son front, ses yeux et son crime futur ;
              De courroux et d'impatience,
          L'autre a senti tous ses membres frémir,
              Dans son sein la bile s'aigrir ;
              Elle rompt enfin le silence :   100
              « Ainsi, partout tu me poursuis,
              Moi qui te hais, moi qui te fuis !
          Mais ne crois pas de paroles traîtresses
          Me fasciner une seconde fois !
              Porte à d'autres tes gentillesses,   105
              Infâme, et tes douces promesses ;
Sème ailleurs les désirs, va faire ailleurs des rois ! »
          Pour le renard le compliment fut rude ;
          Il se remet : « Peureuse, est-il permis
D'interpréter ainsi tant de sollicitude   110
              Que nous témoignent des amis ?
              Le lion n'a qu'une pensée,
              Vous servir ; l'oreille pincée
              (Trop rudement, il en convient,
          Mais c'est un droit que vieillesse retient),
          C'était afin de vous rendre attentive   116
Aux suprêmes conseils qu'un monarque expirant,
              Pour que son secret lui survive,
Transmet à l'héritier d'un empire si grand.
          Vous n'avez pas supporté, trop craintive,   120
              L'effort d'une débile main ;
              Votre résistance peu sûre

Seule a pu faire une blessure
    D'un geste vain.
Et maintenant, le lion en colère,   125
   Est irrité bien plus que vous,
Qu'il trouve méfiante et d'âme trop légère.
   Le loup câlin semble lui plaire;
   Quelle calamité pour nous !
   A la biche on devra peut-être   130
   De gémir sous un pareil maître !
   Allons, ma belle, un peu de cœur !
Chez le lion, qui n'est pas implacable,
Ne montrez plus de stupide terreur,
   Comme un mouton dans son étable.   135
   Ici, je vous en fais serment,
   Par ces arbres, par ces fontaines,
   Par l'immensité de nos plaines,
   Je vous chéris sincèrement;
Et le vieux roi, malgré cette rudesse,   140
   Vous aime, et n'aura de repos
Qu'après avoir fait de vous la maîtresse
Du sceptre qui commande à tous les animaux !... »
   Par sa mielleuse parole,
Le renard sut pallier le danger   145
   Aux yeux de la biche un peu folle,
Et dans le même enfer encor la replonger.
   En un réduit on traîne la victime;
   Pour le lion d'abord repas opime;
Il trouve chairs, moelle des os, tout,   150
   Jusqu'aux entrailles, de son goût.
   Et cependant son acolyte,
   Adroit pourvoyeur du festin,
   A jeun, très-peu se félicite
   De n'avoir point part au butin.   155
   Enfin il happe la cervelle

Échappée à la dent cruelle
De l'animal égoïste et glouton ;
Et, tapi dans un coin, la mange sans façon.
Ce fut tout le prix de sa chasse.   160
Le lion cependant en son esprit repasse
Son bon dîner, ses morceaux délicats.
De la cervelle point de trace !
Elle ne se retrouve pas.   165
Il fouille tout en sa retraite,
Revient sur le lieu du repas,
Rien ! Au renard il faut une défaite :
« Ah ! vous cherchez la cervelle ? à quoi bon ? 170
La biche assurément en était dépourvue ;
Entre-nous, en doutera-t-on,
Puisqu'elle a commis la bévue
De visiter deux fois la grotte du lion ? »   180
Editio Princeps, 95. Esope, 358. Phèdre, *Append.,* 30.

93. *Le Loup et l'Agneau.*

Le loup passait près d'une étable ;
Un agneau, fier à l'abri du rempart,
Lui prodigue injure et brocard,
Bravades d'un goût détestable.
Le loup dit en grinçant des dents :   5
« Va, ce n'est pas toi qui me railles,
Chétif ! mais ce sont les murailles ;
Ferais-tu le railleur, si tu n'étais dedans ? »

Quand le faible, par circonstance,
Se trouve un moment le plus fort,   10
Vous le voyez, il a grand tort
D'éclater en sotte jactance.

Editio Princeps, 96. Esope, 139.

94. *Le Lion et le Taureau.*

Le lion contre le taureau
Méditait une perfidie;
Voici comme elle fut ourdie.
Il va célébrer de nouveau,
    Pour la rendre propice,   5
    Un pompeux sacrifice
    A la mère des dieux;
Et des premiers, son voisin il invite
    A ce festin joyeux.
    L'autre accepte bien vite,   10
Sans nul soupçon, y court pour dîner de son mieux.
Le maître absent, du seuil il examine,
    Trouve au logis étrange mine;
    Force couteaux et couperets,
    Vases d'airain pleins d'eau bouillante,   15
    Puis, la hache sanglante;
Pour un festin les bizarres apprêts!
    Seulement auprès de la porte,
Est un poulet fortement enlacé.
    Le taureau de terreur glacé,   20
Fuit vers les monts, et court de belle sorte.
    Plus tard s'offre à lui le lion :
    « Çà, » dit l'autre, « que l'on s'explique !
    Vous avez agi sans façon ! —
Je suis venu; la preuve est sans réplique;   25
Le poulet pour la fête était par trop étique. »

                 Editio Princeps, 97, Esope. 227.

95. *Le Lion amoureux.*

Jadis le lion amoureux
D'une jeune et charmante fille,
Au père dit : « Que je serais heureux
De devenir ton gendre et de vivre en famille ! »
    A pareil aveu, le vieillard   5
    Ne montre nulle répugnance,
    Du prétendant flatte la confiance :
« Moi, de grand cœur j'y souscris, pour ma part ;
Qui ne serait flatté d'une telle alliance ?
    Vous, si puissant, vous le lion,   10
    M'offrir cette haute union !
    Mais une vierge est bien craintive ;
    Vos ongles sont bien longs ; vos dents
    Font trembler les plus imprudents !
La pauvre enfant, sans une frayeur vive,   15
    Vous ouvrira-t-elle ses bras ?
On le devine, elle n'osera pas,
    Et vous n'obtiendrez que des larmes.
    Beau conquérant, il faut opter ;
    Ou garder vos sauvages armes,   20
Ou, comme un tendre amant, aller vous présenter ! »
Pour le lion l'attente est un supplice ;
    Et sa belle, il en a l'espoir,
Lui saura gré d'un pareil sacrifice.
    A peine était venu le soir   25
Que de ses dents le rempart si terrible
Est renversé ; ses ongles si crochus
Par la lime rongés, ne déchireront plus ;
    Il va s'offrir d'un air sensible,
    On ne le trouve que risible.   30

Dès lors, chacun lui prodigue l'affront ;
Le lâche, un coup de bâton par derrière ;
   L'autre, plus brave, d'une pierre
    L'ose frapper au front.
   Il souffre tout sans résistance,   35
Comme un pourceau se résigne à la mort ;
Du fin vieillard la perfide exigence
   Lui fit comprendre qu'on a tort
   De rechercher mésalliance,
   Autant l'homme chez les lions,   40
   Que le lion parmi les hommes.

   Songeons tous à ce que nous sommes,
   Point de folles illusions !
   Lorsque, en dépit de la nature,
   On forme des vœux indiscrets,   45
   Il va s'ensuivre de très-près
   Quelque triste mésaventure.

Editio Princeps, 98. Esope, 221. La Fontaine, IV, 1.

---

96. *Le Loup et le Chien.*

Le loup rencontre un chien du plus riche embonpoint ;
   Il l'arrête au passage et cause,
   Très-curieux sur un tel point :
« Où mangez-vous ? je veux savoir la chose ;
   Même régime m'irait bien !   5
   « Qui me nourrit ? mon cher, c'est l'homme, »
   D'un air content répond le chien ;
    « Vous voyez comme ;
   Oh ! l'on ne me refuse rien ! —
Mais, à ton cou d'où provient cette trace ? — 10
   Peu de chose ! c'est mon collier
Qui va frottant toujours la même place,

Et que m'a mis mon père nourricier. »
Le loup partit d'un grand éclat de rire :
« Faire bombance aux dépens de son cou !　15
Non ; j'ai maigre ordinaire, et fût-il encor pire,
J'aime mieux le chercher..., ma foi, je ne sais où ! »

Editio Princeps, 99. Esope, 411. Phèdre, iii, 6.
Avien, 37. La Font., i, 5.

---

97. *Le Lion et l'Aigle.*

Tombant du ciel, un jour, l'aigle s'arrête
Chez le lion, et fort léger de tête,
　　Lui propose son amitié :
　　　　« Vivons ensemble !
　　　　Que vous en semble?　　　　5
Entre nous deux tout sera de moitié. »
« Je n'y vois pas d'obstacle, » répond l'autre,
　　« Et ma maison sera la vôtre ;
　　Mais vous me donnerez avant,
　　Sans doute, quelque garantie,　　10
　　Qu'à votre première sortie
　　Pour le beau royaume du vent,
　　Vous garderez la foi jurée?
Où chercher mon ami perdu dans l'empyrée? »

Editio Princeps, 100. Esope, 408.

---

98. *Le Loup et le Renard.*

Un loup, le plus fort entre tous,
Un loup, la merveille des loups,
Reçut le surnom formidable
De lion ; mais son esprit gâté
Crut à sa propre majesté ;　　　　5

Aux siens il devient intraitable ;
Il délaisse ses compagnons
Pour ne hanter que les lions.
Maître renard d'un avis le régale :
« Daignent les dieux me préserver   10
D'une démence à ta démence égale !
Parmi les loups tu pouvais conserver
De lion ta gloire royale;
Mais, pour le coup,
Chez les lions tu n'es qu'un loup. »   15

Editio Princeps, 101. Esope, 410. La Fontaine, XII, 9.

---

99. *Le Lion régnant avec justice.*

Un lion régnait, point colère,
Jamais violent, ni cruel,
Rendant l'autorité légère,
Chéri de tous, comme certain mortel.
Sous son règne, dit-on, à l'équité propice,   5
Les animaux qui vivent dans les bois
Ont décidé, d'une commune voix,
Que chacun se rendrait justice;
Que l'offenseur à l'offensé
Irait faire amende honorable;   10
Le loup au tendre agneau, qui n'est plus courroucé,
Au cerf le tigre impitoyable,
A la chèvre le léopard...
Le lièvre autour de lui jette un calme regard :
« Partout la paix, chose nouvelle !   15
Nouveau bonheur, dont j'ai ma part,
Que de mes vœux depuis longtemps j'appelle !
Les êtres les plus violents
Devant les faibles sont tremblants ! »

Editio Princeps, 102. Esope, 368.

100. *Le Lion malade et les Animaux.*

Appesanti par la vieillesse,
Ne pouvant plus vivre en chasseur,
Certain lion, par son adresse,
Songe à détourner son malheur.
Confiné dans sa grotte, avec peine il respire,   5
De sa voix redoutable adoucit les éclats,
Si bien que dans tous ses États
Se répand le bruit qu'il expire.
On gémit ; et de tout côté,
Le front par le deuil attristé,   10
On se presse bien vite
Au mourant de rendre visite.
Alors sautant sur chacun, le vieux roi
Le dévorait, sans bouger de chez soi.
Pour son grand âge excellent ordinaire !   15
Le fin renard conçut quelque soupçon
(A bon esprit tout porte une leçon) ;
La politesse, il veut la faire ;
Chez le lion il entre, mais se tient
A distance : « Grand roi, j'espère   20
Que le ciel veille à ta santé si chère. »
« Chez un ami, lorsque l'on vient,
Pourquoi rester si loin ? » répond l'autre à voix basse ;
« Approche, mon renard chéri,
Toi, mon bijou, mon favori !   35
Personne avec autant de grâce
Ne débite joyeux propos,
Et les récits et les bons mots,
Dont un malade se délasse. —
Bien du plaisir ! mais vous pardonnerez   30

Si je détale ;
De tous côtés, je vois dans cette salle
Les traces de cent animaux ;
Sans cesse il en vient de nouveaux,
Et, s'il en est un seul qui sorte,   35
Dites-moi donc par quelle porte ? »

Heureux, qui sait échapper à l'erreur,
Et du prochain contemplant la misère,
Quand la pitié n'y peut rien faire,
Du moins, à cet aspect, rend son destin meilleur ! 40

Editio Princeps, 103. Esope, 137. Plat. *Alcib. 1*, v, 37. Lucil.
Sat. xxx, fragm. 3, 4. Hor., *Ep. I*, 1, 73. Phèd., *Append.* 30.
Dosith., 6. La Font., vi, 14.

---

101. *Le Chien qui porte des grelots.*

Un chien faisait en sournois des morsures,
Et son maître, prudent, humain,
Pose à son cou des sonnettes d'airain,
Pour avertir, pour sauver des blessures
Bras et jambes de son prochain.   5
Vous l'entendez ! méfiez-vous du drôle !
Le chien hargneux, depuis ce jour,
Avec orgueil, de rue en carrefour
Se pavane, croyant jouer un noble rôle ;
Il court, agitant ses grelots,   10
Et fait du bruit comme les sots.
Une chienne lui dit : « Eh ! moins d'extravagance !
Ces grelots, dont partout le bruit
Et nous fatigue et nous poursuit,
Dont se pare ton arrogance,   15
N'attestent point ta raison, ta bonté,
Mais ne font retentir que ta méchanceté ! »
                          Editio Princeps, 104.

102. *Le Loup et le Lion.*

Le loup venait d'enlever en maraude
Une brebis, au milieu du troupeau ;
    Ainsi que lui, le lion rôde,
Et voit passer un si riche morceau ;
Il court au loup, et lui ravit sa proie.   5
    L'autre, à trente pas se tenant :
    « C'est mal, » dit-il en maugréant,
« De me voler ce que le ciel m'envoie ! »
    Le mot réjouit le lion :
    « Oui, m'emparer de ce mouton   10
    Est une flagrante injustice !
Sans doute, du berger un généreux caprice
    T'en avait fait un libre don ? »

Editio Princeps, 105. Esope, 234.

103. *Le Lion débonnaire.*

Certain lion menait une vie exemplaire,
Jaloux de se régler sur les sages mortels,
    Sur ceux, du moins, que l'on voit tels ;
    Dans sa demeure hospitalière
    Il recevait avec bonté   5
    Les animaux du voisinage,
Dont les vertus avaient dès longtemps mérité
    La faveur de son patronage.
    Souvent chez lui cercle nombreux
    Venait figurer à sa table   10
    D'un ordinaire confortable,

Couverte de mets savoureux,
Qu'il prodiguait en prince généreux.
Mais l'objet de sa préférence,
Son plus intime commensal,   15
C'était maître renard, un charmant animal,
Inspirant à causer la douce confiance.
Puis, un vieux singe avait pour fonctions
De découper la chair fumante,
Place, ma foi, très-importante,   20
Et de servir à tous les portions.
Un étranger venait-il à paraître,
Le singe, prompt à l'héberger,
Lui présentait le meilleur à manger,
Non moins soigneux qu'avec son maître ;   25
Toujours les plus tendres morceaux,
De la chasse les plus nouveaux ;
Mais au renard, les viandes de la veille ;
Encor très-médiocre part.
La victime un beau jour, et comme par hasard,
(Pourquoi ? notre sournois le savait à merveille !)
A table garde un silence obstiné ;   30
Le lion voit avec inquiétude
Que son ami n'a point dîné,
Lui dit, plein de sollicitude :
« Çà, jase donc, selon ton habitude ;
Sois plus gai ; tu dois avoir faim,   35
Gentil renard, fais honneur au festin ! »
L'autre répond : « Majesté bienveillante,
Je suis troublé par un cruel souci ;
Car au présent, qui déjà me tourmente,
Succéderont des maux que je prévois d'ici.   40
Oui, chaque jour, tantôt l'un, tantôt l'autre,
Vient s'installer à vos repas ;
Tout convive intrépide est d'avance le vôtre ;

Cette bonté ne se rebute pas.
A ce train-là, votre singe, qui m'aime,   45
Et met pour moi rogatons à l'écart,
      Ne me réservera plus même
      Ceux de la veille pour ma part. »
      Le lion se mit à sourire,
De la façon dont un lion sourit :   50
      « Il faut à mon singe le dire;
Et ne me point punir de son méchant esprit. »

                    Editio Princeps, 106. Esope, 236.

104. *Le Lion et le Rat.*

Dans sa chasse un lion avait surpris un rat,
      Et destinait au souper sa capture;
Le voleur domestique, en cette conjoncture,
      Ose prier : « Pour votre ébat, »
      Dit-il, « il faut les taureaux et les biches;   5
      Il faut, maître, à votre appétit
      Festins plus nobles et plus riches;
            Un rat est si petit
            Et chose si chétive,
Qu'il ne doit pas même effleurer vos dents. 10
      Souffrez donc que je vive;
      Vienne le jour des accidents,
Faible, il se peut qu'on trouve encor la chance
      De prouver sa reconnaissance. »
      Le lion rit, puis, généreux,   15
            Fait grâce
      Au pauvre malheureux.
Le lendemain, voici ce qui se passe :
      Ignorant les furtifs apprêts
Par des chasseurs dressés sous le feuillage, 20

Il est tombé dans leurs solides rets ;
   Point de salut, même au courage !
De sa retraite alors surgit le rat ;
   Sans violence et sans éclat,
   Sa dent ferme, quoïque petite,   25
     Bientôt avec succès
    Rompt le tissu des filets,
Et le lion, libre, se félicite
   D'une clémence que devait
   Soudain payer égal bienfait.   30

   À la suppliante faiblesse
   Ne dénions pas nos secours ;
   Pour le bienfaiteur en détresse
   Ils ne sont point perdus toujours,
   Puisque, au gré de sa noble envie,   35
A ce roi des forêts un rat sauva la vie !

Edit. Princeps, 107. Esope, 217. Dosithée, 2. Phèdre, *App.*, 3
       La Fontaine, ii, 11.

---

105. *Prologue.*

Noble fils d'Alexandre, autrefois la Syrie,
De la fable, dit-on, fut la mère-patrie,
Dans ces temps reculés où le puissant Bélus
Dictait l'obéissance à cent peuples vaincus.
Esope, aux Phrygiens, et bientôt à la Grèce,   5
Enseigna de ses tours l'ingénieuse adresse.
Puis vint un Africain, Cybissus, dont la voix
A l'antique apologue osa dicter des lois.
Je suis allé plus loin ; pour ma muse légère
J'ai dressé tout exprès un beau cheval de guerre,   10
L'iambe, dont j'ai su, lui mettant un frein d'or,

Réprimer la licence et modérer l'essor.
De l'apologue à peine a tombé la barrière,
Qu'un essaim sur mes pas se rue en la carrière;
Essaim de lourds savants, dont le travail ingrat   15
Se complaît dans l'énigme et vit de plagiat;
Dans leurs vers incompris, leur muse plate et rude,
A calquer mes essais a mis sa seule étude.
Moi je hais les noirceurs; d'un trait envenimé
L'iambe sous ma main jamais ne fut armé;   20
Sa pointe est adoucie au marteau, sur l'enclume;
Puisses-tu de ton nom protéger ce volume!

---

106. *Le Rat de campagne et le Rat de ville.*

Deux rats vivaient au gré de leur envie,
L'un dans les champs, sévère ménager;
L'autre à la ville, en un garde-manger,
    Qui lui donnait joyeuse vie.
Douce amitié tous deux les unissait;   5
Le citadin, qu'à dîner l'autre invite,
    Du campagnard gagne le gîte,
Au sein d'une prairie où jeune herbe croissait.
Pour tout régal, des racines humides,
    En médiocre quantité;   10
    Sans compter qu'il est révolté
De croquer du terreau les mélanges perfides.
    « Votre régime, mon ami,
    N'est que celui d'une fourmi,
Sous le sable cherchant sa pauvre subsistance.   15
    Mais chez moi quelle différence!
    De tout, mon cher, en abondance!
    Lorsque je me compare à vous,
    J'ai pour logis la corne d'Amalthée...
    Venez un peu, venez chez nous;   20

Moi, je ne sers point par becquée.
D'un trop long jeûne il faut vous reposer,
A la taupe laissant votre sol à creuser ! »
Il en dit tant, que l'autre se décide
A pénétrer sous le toit des humains.   25
Dès qu'ils sont arrivés, l'amphitryon splendide
Montre aussitôt ses coffres pleins ;
Dans ce coin les tas de farine,
Là, des légumes le monceau,
Ici, de figues un tonneau ;   30
Le vase au miel, des dattes d'une mine !
L'autre, joyeux, n'en revient pas ;
Déjà son appétit s'éveille ;
Il court fêter dans sa corbeille
Un gros fromage qui... Soudain, avec fracas   35
Quelqu'un ouvre la porte !
L'autre bondit, gagne le premier trou,
Presque sans savoir où,
Tant la frayeur en aveugle l'emporte !
Il crie, et de son poids écrase en ce réduit   40
Son hôte qu'il maudit...
Après un peu d'attente,
On se risque, adieu l'épouvante !
Il sort, et va goûter d'une figue qu'il tient,
Encore nouvelle tourmente !   45
Car un autre serviteur vient
Quérir quelque chose à l'office ;
Derechef dans le trou les voilà confinés.
« Croyez-vous que l'on en finisse ?
Ah ! c'est ainsi que vous dînez ? »   50
Dit l'invité, faisant une grimace ;
« Adieu, je déserte la place !
Soyez riche, soyez gourmand,
Puisque c'est un plaisir si grand !

J'ai bien assez de cette expérience,   55
Et promets de n'envier plus
Les voluptés de l'abondance,
L'ivresse et les mets superflus ;
Vous en avez la jouissance,
     Mais le danger !   60
Je garderai ma demeure champêtre ;
Elle est mesquine, on y vit mal peut-être ;
En paix je suis sûr de manger ! »

Edit. Princeps, 108. Esope, 301. Horace, *Sat. II*, 6, 79.
Dosithée, 18. La Font. ɪ, 9.

---

107. *L'Ecrevisse et sa mère.*

« Renonce à cette marche oblique ! »
Dit l'écrevisse à son enfant ;
« Contre la roche humide ainsi te démenant,
Tu prends une allure comique ! —
Mère, pour meilleure leçon,   5
Marchez donc droit, vous, la première ;
Moi, je vous suivrai par derrière,
Et ferai de même façon. »

Editio Princeps, 109. Esope, 295. Avien, 3. La Font., xɪɪ, 10.

---

108. *La Chienne et son Maître.*

Sur le point de se mettre en route,
Un homme à sa chienne disait :
« Pourquoi me regarder ? je t'attendrai, sans doute ;
Que ton paquet soit bientôt fait,
     Car je t'emmène... »   5

« Je suis prête, » répond la chienne,
Dressant la queue ; « et, par ma foi,
Si quelqu'un tarde, c'est bien toi ! »

Editio Princeps, 110.

109. *L'Ane portant du sel.*

Un colporteur avait une bourrique ;
   Il apprend qu'aux bords de la mer
   Le sel en ce temps n'est pas cher ;
   Il en emplit mainte barrique,
Que porte l'animal avec maint coup de trique.   5
   En route on rencontre un ruisseau ;
   La bête n'était pas très-sûre,
   Le pied lui manque, et le fardeau
   S'est renversé dans l'onde pure.
   Le sel fond ; et léger d'autant,   10
   L'âne se retire content.
L'homme débite au mieux sa marchandise,
   Puis, recommence le trajet ;
   Il veut que d'un grave déchet
   Dose solide l'indemnise,   15
Et double, cette fois, la charge du baudet.
Gémissant du fardeau, l'âne revoit le fleuve
   Dont il a fait la salutaire épreuve,
   S'y plonge, et comme fatigué,
Tombe à plat ventre, au beau milieu du gué ;   20
   Le sel, tout à loisir, peut fondre.
   Il se relève, à la fin, très-joyeux
   D'avoir trouvé ce tour ingénieux ;
   Son maître saura le confondre.
   Nouveau voyage aux mêmes lieux ;   25
Mais le marchand, qui pénétra la ruse,

Laisse le sel, remplit d'éponges son panier,
Et sert à l'âne qui s'abuse
Un plat de son métier.
On arrive au ruisseau ; l'animal au plus vite   30
S'y précipite.
Cette fois il eut peine à se tirer de l'eau ;
Il est accablé du fardeau,
Et les éponges, gonflées,
Sont par le poids centuplées.   35
Pour se traîner au logis, l'animal
Supporte comme il peut son mal.

Souvent d'un succès on s'enivre ;
Si l'on savait ce qui doit suivre !

Editio Princeps, 111. Esope, 254. La Fontaine, II, 10.-

---

110. *Le Rat et le Taureau.*

Un taureau par un rat avait été mordu ;
Vive douleur ; il poursuit, en colère,
Cet insolent dans un trou descendu.
De sa corne il creuse la terre
Pour arriver à l'agresseur subtil ;   5
Essai pareil, à quoi sert-il ?
Après avoir bien secoué sa tête,
Epuisé d'un si long effort,
Le taureau cède, et près du trou s'endort.
La mauvaise petite bête   10
Montre son nez, approche, et de nouveau le mord ,
Puis prend la fuite
Encore au plus vite.
L'autre bondit, il ne sait pas
Commment sortir du mauvais pas ;   15

L'invisible ennemi lui murmure tout bas :
« La victoire aux puissants n'est pas toujours fidèle ;
Et l'on a vu, dans plus d'un cas,
Le petit sur le grand l'emporter auprès d'elle. »

Editio Princeps, 112. Avien, 31.

111. *Le Berger et le Chien.*

Le soir venu, rassemblant son troupeau,
Un berger s'apprêtait à quitter la prairie ;
Mais parmi les moutons, protégé par sa peau ,
Un loup s'était glissé pour voir la bergerie.
Le chien qui l'aperçoit, alors dit au pasteur :   5
« A sauver tes brebis quand ton zèle s'apprête,
Maitre, comment peux-tu, sans crainte de malheur,
Ajouter au bercail une semblable tête ? »

Editio Princeps, 113. Esope, 271.

112. *La Lampe.*

Pleine d'huile, une lampe osait
Se comparer en splendeur aux étoiles ;
A l'entourage elle disait :
« Lucifer se couvre de voiles,
Ma lumière brille toujours,   5
Et transforme les nuits en jours !... »
Un coup de vent lui coupe la parole,
Elle est éteinte !.. Un assistant
La rallume : « Eh ! bien, à l'instant, »
Dit-il, « ta vanité frivole   10
Se plaçait au-dessus des cieux !

D'un rien ta mèche va s'éteindre,
Des astres l'éclat radieux
Est immortel; là-haut qui peut l'atteindre? »

Editio Princeps, 114. Esope, 239.

113. *La Tortue et l'Aigle.*

La pesante tortue un jour se lamentait;
    Aux plongeons, aux lestes mouettes,
  Aux poules d'eau, la folle colportait
    Ses vœux, ses peines indiscrètes :
    « Que n'ai-je des ailes aussi !   5
    Heureuse et fière alors par elles,
    Je ne ramperais plus ainsi ! »
L'aigle entendit ces plaintes éternelles :
    « Voyons ! que me donnerais-tu,
    (Songe bien à la récompense !)   10
    Si de ramper je te dispense,
Et de voler te transmets la vertu? —
Quoi? Les trésors de la mer Erythrée ! —
    Fort bien ! reçois donc ma leçon ! »
L'aigle l'enlève, et monte de façon   15
    A se perdre dans l'empyrée;
Puis, la laissant tomber sur un rocher,
    Brise l'écaille à la tortue.
    « C'est ma démence qui me tue, »
Dit-elle, « au sort que puis-je reprocher?   20
    Qu'avais-je besoin d'un nuage,
    Ou d'ailes, si j'eusse été sage,
Quand sur le sol j'avais peine à marcher? »

Editio Princeps, 115. Esope, 61. Avien, 2. Phèdre, II, 6.
La Fontaine, x, 3.

114. *L'Homme et Mercure.*

Avec ses passagers un vaisseau fit naufrage.
  « Ainsi des dieux voilà l'ouvrage ! »
Dit un témoin ; « ils ont, dans leur belle équité,
 D'un seul pervers, décrétant le supplice,
  Traité tout le reste en complice ; 5
Que de gens engloutis, sans l'avoir mérité ! »
  Tandis que cet homme s'escrime
  A reprocher aux dieux leur crime,
  De fourmis un essaim nombreux,
 Par aventure, auprès de lui travaille, 10
  Rongeant les courts tuyaux de paille
 Que la moisson réserve aux malheureux.
Par une au pied piqué, sur le reste il trépigne ;
 Mercure est là, fustige le brutal :
  « Ah ! tu trouves, sot animal, 15
  Nos décrets un abus insigne !
 Tu ne veux pas qu'aux dieux il soit permis
De juger les humains, comme à toi les fourmis !

      Editio Princeps, 117.

115. *L'Hirondelle commensale des juges.*

Aux premiers jours de la belle saison,
De nos cités l'habitante fidèle,
 La brune et rapide hirondelle
Faisait son nid aux murs d'une maison,
  Maison sage et respectée,
  Par de vieux juges habitée ;
  Pour la choisir autre raison.
  Elle y dépose sa couvée,

> Qui, chaque soir, est retrouvée
> Venant à bien ; déjà duvet naissant,   10
> Rose à la fois et jaunissant,
> Gonfle leurs ailes, les colore ;
> Mais les petits ne volent pas encore.
> Une couleuvre, en se glissant,
> Pénètre au gîte et les dévore ;   15
> Pauvres petits ! ils disparaissent tous,
> Ils étaient sept ! L'hirondelle éplorée
> Maudit leur mort prématurée.
> « Destins cruels, que me prépariez-vous ?
> Où règnent des humains les lois et la justice, 20
> Voilà quels maux il faut que je subisse !
> Bien loin d'ici retirons-nous ! »

Editio Princeps, 118. Esope, 286.

---

116. *La Statue de Mercure.*

> Un artisan, dans sa demeure,
> Avait un Mercure de bois.
> Le protecteur est de son choix ;
> Il en prend soin, il l'invoque à toute heure,
> Offre à son dieu mainte libation,   5
> Et la misère afflige sa maison !
> Enfin, il cède à la colère,
> Saisit Mercure au pied, et le jette par terre...
> O surprise ! des pièces d'or
> Roulent de sa tête brisée !   10
> Recueillant vite le trésor,
> « Statue ingrate, et fort mal avisée, »
> Dit-il, « je t'adorais, tu ne fis rien pour moi ;
> Tu me rends des bienfaits, subissant une injure !

J'ignorais, va, je le jure,   15
Que par ce nouveau culte on obtint tout de toi. »

Pour mieux conseiller ses semblables
Esope aux dieux donne place en ses fables.
Obliger un méchant, c'est n'être pas compris,
    Fais-lui du mal, il te sert à ce prix.   20

Editio Princeps, 119. Esope, 128. La Fontaine, IV, 8.

---

117. *La Grenouille médecin.*

Sombre habitante des marais,
La grenouille, qui n'est heureuse
Que dans la vase ténébreuse,
Des canaux engorgés aimant l'asile épais,
    S'était un jour sur terre aventurée.   5
        Elle disait aux animaux :
        « J'ai recette pour tous les maux ;
        Et partout je suis admirée.
        Peut-être même, en l'empyrée,
Le grand Péon, le médecin des dieux,   10
Ne connaît pas mes secrets merveilleux. »
« Oui dà ! » dit le renard ; « mérite curieux !
    Quand de guérir les autres on se vante,
    Et que l'on boite, ô grenouille savante,
        A mon avis, c'est un grand tort,   15
        De ne pas se guérir d'abord. »

Editio Princeps, 120. Esope, 300 et 135. Avien, 6.

---

118. *La Poule et le Chat.*

Une poule était fort malade ;
Le chat s'approche à petits pas :

« Allons-nous mieux? Que veux-tu, camarade?
Je suis prêt; puisses-tu te soustraire du trépas !»
«Va-t'en,» lui dit la poule, «et je n'en mourrai pas! »

Editio Princeps, 121.

119. *L'Âne et le Loup.*

Contre une épine en se heurtant,
Un âne au pied se fit une blessure;
Survient un loup, sa perte est sûre;
Qu'opposer en pareil instant?
« Cher loup, » dit-il, «ma fin approche; 5
Je sens trop que je vais mourir.
De ta venue au sort je ne fais point reproche,
Et j'aime bien mieux te nourrir,
Que d'être, un peu plus tard, la proie
Ou du vautour, ou du corbeau. 10
J'éprouve une dernière joie
A rencontrer un si noble tombeau.
Rends-moi, du moins, le facile service
De m'ôter cette épine, afin qu'en expirant
Je sois délivré d'un supplice; 15
Respecte le vœu du mourant !»
« Moi, refuser ce bon office
A mon camarade souffrant?
Oh! non! » dit le perfide, et ses dents incisives
D'un tel travail bientôt viennent à bout. 20
L'autre, affranchi des douleurs les plus vives,
Détache une ruade au loup,
Qui déjà, la gueule béante,
Voulait savoir, sans longue attente,
Si le mourant est de bon goût. 25
L'âne sur la méchante bête

Frappe partout, à la mâchoire, au front,
    Au nez...; le loup en perd la tête,
      Tant ce déluge est prompt.
    Enfin le vainqueur prend la fuite.   30
    Fort peu dispos pour la poursuite,
« Hélas ! » dit le battu, « j'ai mérité mon sort,
    Et de me plaindre j'aurais tort !
    Voilà qu'aujourd'hui je m'avise,
    Niais, de guérir les boiteux,   35
    Et me fais assommer par eux !
    D'être docteur j'ai la sottise,
    Moi qui, de mes jours, ne sus rien,
      Qu'égorger assez bien ! »

Editio Princeps, 122. Esope, 259. La Fontaine, v, 8.

---

120. *La Poule aux œufs d'or.*

    Une poule, de rare espèce,
    Pondait, chaque jour, un œuf d'or ;
Son maitre, non content de pareille richesse,
    Crut, tout d'un coup, s'emparer du trésor,
    En égorgeant la pauvre bête.   5
    Mais il trouve, après son trépas,
    Que sa noble poule, sans tête,
    Des autres ne différait pas.
    L'avare, confondu, soupire ;
Voulant le mieux, il rencontre le pire ;   10
    Châtiment mérité
    De sa cupidité !

Editio Princeps, 123. Esope, 136. Avien, 33,
    La Fontaine, v, 13.

FIN.

TABLE.

FIN.

www.ingramcontent.com/pod-product-compliance
Lightning Source LLC
LaVergne TN
LVHW021727170726
843503LV00004B/1453